社會人文|360
與時光對話
連方瑀自選輯
2

目錄

親情觸我心

寄語白雲

遙遠的祝福

自序　無物似情濃

戰哥和我第一次被稱呼為「爺爺、奶奶」，是〇五年首次去大陸，回到戰哥的母校——后宰門小學時，那些可愛的小朋友在校門口一聲聲的喊：「連爺爺，您回來啦」！那時我們的孩子們，男未婚、女未嫁，更遑論孫子。所以被「升格」稱呼，聽來滿不習慣，我們兩人相視而笑，不知如何回應。

誰知道日子一溜煙滑去，近八年後的現在，我們居然有了七個孫孫，不但別人稱呼我們「爺爺、奶奶」，我們也理直氣壯的以此自稱，而且深深的認為當「爺爺、奶奶」是最幸福、最快樂的事。家裡一切都要先為孫孫設想，每個桌角都貼上桌角護墊，怕孫孫玩的時候一頭栽上去。家中現在只有戰哥和我兩人，以前孩子們的房間都空下來，於是先打通兩間，成為孫孫的「遊戲室」，放著汽車、摩托車、湯瑪士小火車等玩具。以前婆婆的房間改成「嬰兒室」，放了四張小床，以備恩捷、含璋、可真、以明四個娃娃來時可以休憩。

看小傢伙們一天天成長，是非常快樂而有趣的。定捷四歲多最大，宇捷口齒最清楚，他們似懂非懂，尤其定捷，講的話常使我們笑翻；但也使我們深思。

我常常想起自己的童年，那是一個遙遠、既清晰又模糊的回憶。父母俱去，沒有人可以幫助我搜尋記憶的百寶匣。記得從小我就會背多首詩詞，並且會唱由這些詩詞編成的歌曲。我想不透這些曲調是從哪裡來的，翻遍各種歌本，上網查，都找不到答案。依稀彷彿，就像定捷這麼大，或者更小一點時，在和平西路日式房屋的庭園裡，外公常牽著我的小手，一面散步、一面吟唱詩詞，並要我跟著唸。

我完全不懂它們的意思，只覺得外公吟唱的好聽，就乖乖的跟著唸，當時小孩子哪裡懂得外公的用心，長大後才感受到，那時背的東西，是我到現在都記得的最深刻、最清楚的。如今我再熟讀新的詩文，卻總會忘記，必須時常一遍一遍的複習，真是馬齒徒增。中國人說「詩歌」，有詩應該就有歌，而我至今還會唱的古詩，不知是否就如外公口裡吟出來的？真的記不得。但若不是，我又從哪裡學來的呢？

等我上中學，父親就在寒暑假請老師來家教我古文，父親雖要我走科學的路，但他非常重視我的國學根基，但我開始頑皮，一心想玩，一本《古文觀止》教了好久。我並未認真唸，這是我成人後一想起來就後悔的事。詩詞對我的吸引，遠比古文大許多。因此，看著定捷漸漸長大，聰明可愛，就想教他一些詩句，好讓他長大後也牢記不忘。

我的技巧，大約遠不及外公，而定捷又比我兒時活潑好動，我試著教了他一些。有一天，我要他背「白日依山盡、黃河入海流、欲窮千里目、更上一層樓」，一面在紙上畫了山和太陽，小定捷站起來，「奶奶，太陽都要下山了，不要唸了啦」！

我暢然大笑，笑他的調皮和領悟力。

勝武有一天說：「等安捷、宇捷、恩捷大一點，奶奶開班教詩詞吧」！

我會很樂意的。我在等。「教學相長」，我更必須先充實自己。

不久前，定捷把我拉到家裡的「嬰兒室」，原本他是想去逗弄那幾個妹妹，但一進去，他的小腦袋又想到別的事，小臉擺出很正經的表情，問我：

「這是我以前睡的床嗎？」

「不是」，我說：「你以前的床舊了，已經丟掉了」

「那這裡以前擠擠的、亂亂的。」

「沒辦法，因為祖奶奶一直住在這間，祖奶奶病了好久好久，她習慣住這裡，是有點擠，但我們不能把東西搬來搬去，祖奶奶會怕吵的。」我想起婆婆生前在這房間，各樣東西是很多。

「那為什麼現在可以搬呢？」

「因為祖奶奶去天堂了，這裡沒有人住，我就把它拆掉，重新打扮漂亮了。」

這些答覆並沒有使定捷的小心眼滿足，他接著問，

「那天堂是什麼地方？」

「天堂就是上帝住的地方，祖奶奶現在和上帝住在一起」。

「那你為什麼沒有去天堂呢？」

「因為我沒有像祖奶奶那麼那麼老」。婆婆離世時一〇三歲。

定捷停了半晌，突然又轉過圓鼓鼓的小臉，一副恍然大悟的神情，自言自語，比著白白胖胖的小手指，

「那你只有一點點老，是不是？」

我忍不住大笑起來，望著他那張稚氣十足的小臉，許多複雜的思緒竟漫上心頭。時光是那麼快，千年如同昨夜的一聲嘆息，百年多是幾多時，而世間誰是百年身？只有緊緊把握每一刻，活在當下，做對自己對別人都有益的事，快快樂樂、豐豐富富過日子。

定捷不愛午睡，更怕晚上被催去睡覺，一定要玩到精疲力盡，才會不支而睡。這都和我很像，自我有記憶起，我幾乎從不午休。當別的小朋友趴在桌上睡午覺時，我總是一溜煙跑去做一些搗蛋的頑皮事。而不知從什麼時候開始，每到晚上我就很急，一天又將盡，我看看面前放的唐詩宋詞古詩，新出版的好書、歌譜、聖經、稿紙。聖經

是必讀的，其他，我恨不得每樣都看看、背背、寫寫。不會留到白天再做嗎？但白天也有白天的事。下午，我要和戰哥一起去運動，週日上教堂、看電影，週三學唱歌，戰哥要我選十首能唱的古詩詞，錄成光碟，讓孫孫們反覆聽了再學，我還沒有開始呢！還有每年都有的旅行，行萬里路，讀萬卷書，也是我深愛的。而平日花時間最多的，應是週而復始的和孫孫們攪和在一起。那幾張可愛的小臉，那些童言童語，是我情之所至，我怎能視而不見、不聞、不問呢？

寫到這裡，我想起年輕時就會的一首歌，是電影「擒兇記」裡，「雀斑歌后」桃樂絲黛所唱的——「該怎麼樣，就怎麼樣」（Que Sera Sera），那是一句西班牙文。這首歌得到一九六五年奧斯卡金像獎的最佳歌曲獎。歌詞是這樣的：

當我還是一個小女孩，我問我媽媽，

我將來會怎麼樣？我會美麗嗎？我會富有嗎？她這樣對我說：

「該怎麼樣，就怎麼樣」（Que Sera Sera）。

未來不是我能看見的，「該怎麼樣，就怎麼樣」（Que Sera Sera）

當我長大，墜入愛河，我問我的甜心，

我們將會怎麼樣？彩虹會日復一日出現嗎？

我的甜心告訴我「該怎麼樣，就怎麼樣」（Que Sera Sera）。未來不是我們可看見的，該怎麼樣，就怎麼樣！

現在我有自己的孩子，他們問媽媽，

我們將來會怎麼樣？會英俊嗎？會富有嗎？我溫柔的告訴他們

「該怎麼樣，就怎麼樣」（Que Sera Sera），未來不是我們能看見的，該怎麼樣，就怎麼樣！

我的心沉澱下來。我側過頭來溫柔的望身旁和我終生相伴的戰哥，無物似情濃，我們將攜手共度人間所有的甘苦。未來是看不到的，該怎麼樣，就怎麼樣。但有一件事可以確定，在我身邊有這麼多愛我也被我愛的人，我必然不會「憂傷以終老」。

這本集子裡所收的，原散見於《聯合報》、《中國時報》、《旺報》、《印刻生活文學誌》、《TVBS週刊》等處，所寫的也就是這篇短文相關事項的點點滴滴，並謹以此為序。

——二〇一三年一月

天涯寄情

倫敦旅店夜驚魂

剛上床不太久，睡到十二點半，忽然間警鈴大響，戰哥和我立刻被吵醒，鈴聲在夜半顯得更刺耳，更叫人毛骨悚然……

每年暑假，當孩子們有假期時，戰哥和我多半趁這個機會帶孩子們和一些好友去旅行。暑假到處都熱，只有歐、美比較涼快，尤其是歐洲，氣溫都維持在二十度左右，因此，今年我們老早便計劃去英、法兩國，以倫敦、巴黎為中心，再到近郊去遊覽名勝古蹟。

我們的計畫太完美了，但，和我們有相同的想法的人也不在少數。於是，機票、旅館人滿之患，簡直訂不到。在巴黎，費了好大功夫，才把我們六個人放在相離不遠的三個旅舍裡，倫敦倒是全訂到了。那時很高興，誰曉得，就在那個旅館上演我們遊歐的「驚魂記」。

我們訂在七月一日出發，而就在六月廿九日，倫敦市區的不同地點遭到恐怖份子先後放置了兩枚汽車炸彈，而且兩者之間，有明的關聯，為求謹慎，警方已將現場封鎖，進行大規模的搜查，刺耳的警笛聲，神情嚴肅的警察，再加上全副武裝的防爆人員，這件事驚動了英國和世界。

我們也躊躇了一下，可是許多費用都已先付清，無法退還。想想，中國人和誰都沒有結仇，安分守己，應該找麻煩找不到我們頭上吧。

可是，我們想錯了。在這種混亂的狀況下，諸事不順，這趟旅行還真是使我大開眼界。

我們搭乘的英航，在清晨六點便抵達倫敦。北國晝長，六點時天已大亮。為了應變——好比行李的檢查、隨身攜帶物品的檢查，耗時費事，所以原本要在一航站下機的旅客改成四航站，原本四航站的人再改，機場裡一片混亂，放眼看去，這裡一堆，那裡一堆，使機場完全沒了秩序。當時我就在想，這種情形下，行李遺失的機率太大了，果然，在回程時，我們有兩件行李，不知周遊列國去哪裡了，比其他的行李整整晚了五天才到，而且，完全查不出來這兩件是流浪去了那裡。

經過長途飛行，又加上這番折騰，再加上時差，大家都很累，等到了「東方瑪德琳」（Mandarin Oriental）看到門口翠生生的海德公園，真是高興，滿腔的不耐都丟到九霄雲外。勉強提著神到附近幾個景點逛逛，發現整個英國各地都在打對折減價，要不是我們的行程排得很滿……。戰哥說這次是「知識之旅」，孩子們以前來英、法時都還小，這幾年他們進入社會後，因假期不能彼此配合，所以也很少能和我們一起出門。這次，費盡心思把孩子們的假期連在一塊兒，重遊孩提時代曾看過的地方，包括古蹟、名人故居、學校等等都在其中。所以誘人的五折優待，也就忍痛捨棄了。

連幾天，都按照既定的行程。然而，就有這麼一天晚上，剛上床不太久，睡到十二點半，忽然間警鈴大響，戰哥和我立刻被吵醒，鈴聲在夜半顯得更刺耳，更叫人毛骨悚然。戰哥立刻打電話到樓下櫃台問，結果得到的答案卻是「假的啦！沒事，演習啦！」好傢伙，半夜挑旅館做「恐怖演習」，全世界恐怕這是頭一遭。

既然是假的，就倒回去繼續尋夢。沒想到，過不了多久，電視無聲無息刷地亮起來，危危顫顫的光不停地游移。唉喲！不要是有鬼呀，這旅館可是滿有年紀呢！戰哥再問樓下，原來，這是「演習後遺症」，斷電後總開關連接錯誤！唉，真是拿旅客開玩笑。

○六年十月，美國研究人員公佈在這場戰爭中伊拉克有六十五萬人喪生，英美等國死了幾千人，都是一般普通百姓。上帝，真主阿拉！請你把慈悲送給你的子民，讓人生匆匆幾十寒暑，能在和平安祥中度過吧。

——二○○七年八月十六日

行雲流水

離開家門時，心中還徘徊著國事、家事、歐債危機。但這裡人人一派悠閒，哪裡有什麼不景氣？

從亞德里亞海的巴爾幹半島，經奧、德、法，最後從英國回來，看了許多好山好水，像重讀一遍歐洲歷史。

巴爾幹半島上以前的南斯拉夫，就是現在新獨立的克羅埃西亞、斯洛凡尼亞、波士尼亞等七國，雖各有特色，美不勝收，但它們都有一段不堪回首的悲慘經歷。

看著這沿海岸線分佈的國家、島嶼，如此平靜、美麗，似乎什麼都不曾發生過。湛藍的水掩映在陽光下，那麼悠然。水色的深淺依其中碳酸鈣的含量而層次分明，像最好的畫家畫出來一般。

尤其是克羅埃西亞，它的海岸線最長、湖泊最多，島嶼有上千個。國家公園有八個，其中最美的，是「十六湖國家公園」，它的美，是歐洲地區唯一稍可和四川「九寨溝」媲美的地方。

這裡有九十二個大小瀑布，水流沖刷著含豐富鈣質的岩石，把礦物質帶到其他的地方沉澱，這些變化日以繼夜，造成不同地形和不同形狀的瀑布。湖區的風貌也隨時改變，叫人嘆為觀止。我們掬一手湖水啜飲，微微有鹹味。潭清疑水淺，游魚處處，更增添了它的嫵媚。

沿著湖全是密密的杉林，岸邊蘆葦遍地，碧綠碧綠的在風裡搖曳；一抬頭，閒雲飄浮在天空，天鵝悠遊在蘆葦中。日倦西去晚霞紅，紅色的雲襯著全是紅色的屋頂，米黃的牆，無限燦爛。湖邊一個島嶼接著一個，在水天連接裡一片蒼茫，若不是觀光客來往穿梭，這兒真是人間仙境。除了流水琤淙，穹蒼下清音一片。

離開家門時，心中徘徊著國事、家事、歐債危機。但這裡人人一派悠閒，哪裡有什麼不景氣？遊客之多，使得小小一張旅遊指南，竟用了四、五種語言。不過日本人少了、韓國人多了，顯然韓國經濟在進步，韓國的機會多少是台灣讓出來的。是我們自己不要，不能怪人。陸客很多，最多的是德國人。

帶來和平就是英雄

克羅埃西亞的小城，個個優美，陽光、帆船、沙灘，還有許多養蚵灣。不過，鎮上的教堂、磚房的牆上，有許多彈孔，空地上還陳列著老舊的坦克車、砲台、戰機和長槍，讓人很難想像，在這樣美好的環境裡，長久以來，卻充滿了各種戰爭，巴爾幹半島，更被人稱為「歐洲的火藥桶」，那些綿綿不絕的衝突，或者為種族矛盾、宗教各異，還有大國對他們地理位置的覬覦。

最早，羅馬人統治他們，鄂圖曼土耳其帝國、奧匈帝國又先後佔領這裡，兩大帝國「分治」的結果，埋下他們長期不合的種子，再加上一些內陸國爭奪他們悠長的海岸線，這裡曾引發第一次世界大戰。直到第二次世界大戰，強人狄托（Tito）出來整合各民族，成立共產主義下的「南斯拉夫共和國」，讓這塊土地享有了四十年和平。

狄托是克羅埃西亞人，我們乘船遊斯洛凡尼亞的伯利特（Bled）湖時，看見他的別墅和他開會的地方，雖不是雕樑畫棟，但伴著湖光山色，十分幽靜美麗。

駕船的年輕船夫，比著大姆指說：「我們喜歡狄托，他非常好。我們一直尊敬他！」想來，他們是打仗打怕了，誰給他們和平，誰就是英雄。

但狄托去世後，南斯拉夫又進入分崩離析的境地。自一九九一至九五，內戰打了四年，一九九九又遭美軍和北約盟國的轟炸。雖然狄托維持了四十年和平，但和歐洲其他曾淪為共產的國家一樣，既不進步、建設也不均衡，他們的天然資源雖豐富，景觀出色，但就是沒有開發，旅館也普遍落後，辜負了這源源不絕的觀光客。

上帝對這裡非常優厚，無所不與，斯洛凡尼亞有一個歐洲最大的地下鐘乳石岩洞，長達二十一公里，裡面的鐘乳石，各種形狀，全無重複，據說已存在了五億年。鐘乳石每長一公分，要一百年，對它而言，千年如同昨日，人世起落，更是稀鬆平常。

起初，只開發了一小部分，二百年前，奧國國王要去訪問，先遣的工人中，有一人進到裡面，他東走西走、爬上爬下，忽然發現一個前所未有的通道，他出來時，哭著說：「這兒有一個新世界、一個奇蹟！」

從此，洞穴就帶來許多遊客。電燈發明後，將原有的一萬多盞油燈全部現代化，又築了入洞出洞的小火車。還有一個全世界最古老的地下郵局。因為洞穴在地下，戰火不曾波及，得以完整的呈現在古今無數人眼前。

從10℃的洞穴出來，戰哥頻頻說：

「等孫孫們大一點，一定要帶他們來看！」

從斯洛凡尼亞經過奧地利到了德國。

我們以前對德國不很熟悉，每次想到德國就會想到德皇威廉二世在八國聯軍攻華時發布的命令：「記住，你們要勇敢作戰，讓中國人在一千年後還不敢窺視德國人！」誠然，滿清腐敗，義和團可恨，但一千年，也未免太狠吧！

第二次世界大戰，希特勒和殘酷的集中營，在在都使我們有一種說不出的感覺。因此我們多次旅歐，都沒有去德國。直到二〇一一年，到了慕尼黑的天鵝堡和附近阿爾卑斯山的名勝，才發現德國也有很多值得看的地方。這次，就在行程中安排了不少德國景點。

齊聲唱和羅蕾萊

德國萊茵河是歐洲最長的河流之一，河的中游，河道作九十度轉彎，水勢深而湍急，立著一塊高而險峻的礁石，這就是著名的「羅蕾萊」。

相傳有一位金髮美女，坐在山頂，一面梳著長髮、一面用歌聲吸引過往的船隻，十八世紀初，海涅曾為它寫了一首詩「羅蕾萊」：

我不知為了什麼心中如此悲傷
有一個舊日的故事使我念念不忘
幽暝中淒冷的微風輕輕吹過萊茵河岸
夕陽的餘暉染紅了山岡

一位美麗的姑娘曼妙的坐在山上
她的金飾閃閃發亮梳著她金色的頭髮
她用金梳梳著長髮並且歌唱
歌聲裡有奇妙的吸引強勁的旋律
少年駕著小舟一心聽那狂熱的歌唱
看不見突出的岩石只想那高處的姑娘
狂暴的海浪漸漸吞噬小舟和少年
應和著羅蕾萊動人甜蜜的歌唱

不久，一位著名的作曲家以海涅的詩為主，譜上曲，就是「羅蕾萊之歌」，它是德國最著名的民歌，為世人傳唱不已。

四十四年前，戰哥和我曾坐火車經過羅蕾萊，一時車上的乘客全都用不同的語言唱起「羅蕾萊之歌」，氣氛熱烈感人，這個記憶長久不忘，因此這次到德國，特意乘船遊萊茵河，船到羅蕾萊，又播放這首歌，卻無人應和。是大家的文化素養在漸漸退步呢？還是現代潮流已不重視這陳年舊事？我不禁悵然。天飄下絲絲細雨，隔岸飄渺煙霧濃，久別的羅蕾萊，何日人們再能重新熟悉海涅為妳述說的故事？

久仰黑森林的盛名和傳聞，它是德國最大的森林山脈，它最北部的起點就是「巴登巴登」，著名的俄國作家屠格涅夫就出生在這裡。現在俄國的觀光客還是很多。

巴登巴登既依黑森林，又傍奧斯河谷，景色多彩多姿。那綿延無盡，一望無涯的黑森林，遍山是青翠，山底水潺湲。公路五〇〇號是黑森林最美的地方，萬壑樹參天，樹梢百重泉。一株一株墨綠色直挺的樹木，全是松、杉，「松柏夾廣路」，路的兩邊，那矯矯蒼松，看盡六朝興廢，人間悲歡，卻總是不言不語蕭蕭立著。

德國人非常重視黑森林，他們有計劃的築路造林，因此，隨山將萬轉的森林，使他們無慮木材的供應，還直銷日本。森林裡有間隔的防火措施，並不准在林區烤肉。森林區附近許多小店都賣咕咕鐘，到了冬季，白雪皚皚，這裡的人閒來無事，就用木材雕刻成咕咕鐘背到各處去賣，後來因銷路好，便慢慢成立工廠，全年都可以銷售，但咕咕鐘依然是由師傅手工雕刻製作。

著名的華沙之跪

我們在鬱鬱林中盤桓竟日，松風如濤，鳥絕人湮，恍然有如出世。不知不覺，到了斯圖加特。

斯圖加特是個大城。我們不遠萬里來此，主要為參觀兩個舉世聞名的汽車博物館，其中一個，便是「賓士博物館」。

賓士車總部就在斯圖加特。最早是一位工程師——賓士先生研發出快速引擎，成立「賓士公司」。在博物館中有二輪、三輪、四輪各期的車型。差不多在同時期，另一位工程師戴姆勒也成立了一個汽車公司，第一次世界大戰後，經濟不景氣使得許多產業合併，這兩個汽車公司也合併，成為戴姆勒賓士公司，由商人耶立內克經銷，後來耶立內克要把自己女兒的名字「莫西蒂斯」（Mercedes）加上去，於是車名改為（Mercedes-Benz）一直到今日。

博物館裡陳列著許多名人乘過的車。希特勒的座車赫然在內。那是一部嶄亮而神氣的黑色轎車（Benz 770）。賓士車牢固耐用，第二次世界大戰時，希特勒要賓士廠生產軍用車中的運輸車。另外一個德國車「寶馬」則生產飛機引擎。賓士車在「奧吐邦」上駕馳最快的記錄是每小時四三二公里。至今尚無「車」能出其右。而世界第一條高速公路就是德國的「奧吐邦」，是希特勒為戰爭所建的，有些路段上面還刻意設計成可以起降飛機。

在斯圖加特市中心，有一個由黑色長方塊堆起來的藝術品，以紀念二戰中犧牲的猶太人。二次世界大戰後，西德總理布蘭德曾在波蘭華沙的猶太人集中營裡下跪——這就是有名的「華沙之跪」。兩德在一九九〇年統一，多年前，戰哥和我曾穿越柏林圍牆，親眼目睹東德的殘破，兩德統一造成德國沉重的經濟負擔，即使這樣，德國人的勤奮、節儉和天賦的才智，還是慢慢成為現在歐洲的中流砥柱。

畢竟離家已久，定捷、安捷、宇捷、恩捷四張可愛的小臉，不時在心中浮現。好想他們呢！
再見啊，歐洲，下次再見！

——二〇一二年九月二十三日

馨香滿懷抱

巴黎風味巴黎情。在路邊咖啡座上，回首舊遊路；看來往行人，鵝黃嫩綠，吃甜餅，享受午後陽光，倒也拾回巴黎的種種情趣。

六月份，去了歐洲一趟，真的是處處好山好水，但去的地方太多，行程緊湊，身心俱疲，直到了法國，英國，如遇故人，才完全鬆弛下來。

每次到歐洲，英、法兩國，幾乎是必經之地，尤其巴黎、倫敦，都非常熟悉。因此，這次特別出城，看一些未曾去過的景點。

巴黎，永遠是那樣迷人。巴黎風味巴黎情。香舍麗榭依然車水馬龍，花月春風；凱旋門遙岑遠目，睥睨群倫。也許因為夏日未到，折扣期尚未開始，也許因為日本旅行團少了，散步在名店街上，顯得寂寞。日本在大地震後，政府鼓勵國內消費，於是旅遊季節，國內各地都充滿了外鄉人，他們要把錢消費在自己國裡。難怪一路走來，韓國人竟多於日本人。

在路邊咖啡座上，回首舊遊路；看來往行人，鵝黃嫩綠，吃甜餅，享受午後陽光，倒也拾回巴黎的種種情趣。

二十餘年前，戰哥和我曾受法國政府的邀請，來到巴黎，並試乘無人駕駛的高鐵，從巴黎到里昂，法國人希望把這種鐵路推銷到台灣。那時我們只在里昂小作停留。因此，這次旅行，便把里昂加上去。

里昂產絲，是個工業城，在文藝復興時期便和義大利有絲綢貿易，因此也是絲綢之城。

里昂的絲店裡，將古代的絲路，具體而微的繡在各絲面上，既美麗又生動別緻。早在遠古時期，雖然險阻重重，但在兩河流域、尼羅河流域、印度河流域和黃河流域，就有小規模貿易來往。到了漢朝，張騫和班超先後出使西域，更漸漸開闢出以長安、洛陽、經甘肅、新疆、中亞、西亞，最後到地中海的絲綢之路，就是絲路。

里昂的絲面上，便繡出這條路。從雕樑畫棟（西安））乘馬車、經過甘肅、新疆（騎馬）至西域、中亞（騎駱駝）、再前往印度（騎大象）、又駕船至波斯（人手一捲地毯）、羅馬（女工紡紗輪），最後做出漂亮的絲綢衣裳（獅子），獅子是里昂的市徽。這條重要的絲路，繡來栩栩如生，讓人愛不忍釋，流連不已。

離里昂不遠，有一個以瀲灩的安納西湖（Annecy）為名的幽雅小城——安納西城。它的歷史悠久，在公元四千年前新石器時代，這裡就有人存在。

偉大的思想家盧梭在這裡住了很多年，在他不朽的著作中，多次寫著對在安納西小鎮度過鄉村生活的美好回憶。

他的《社會契約論》的思想影響了法國大革命和美國革命。他在《愛彌兒》一書中對教育的觀點——「自然主義」，正是百年來廣為世人歡迎的義大利名著《愛的教育》裡所秉持的精神。不過他的五個孩子全部寄養在孤兒院裡，有時要「知行合一」，是件多麼困難的事！

到倫敦時，一起旅行的朋友和惠心都離開了，只剩戰哥和我兩人。英國剛剛慶祝過伊莉莎白女王登基六十年，又接著要舉行奧運，人來人往，熙熙攘攘，熱鬧非常。就因為奧運將臨，倫敦的物價悄悄高漲。然而倫敦的天氣，依然時晴時雨，捉摸不定。

倫敦精打細算辦奧運

這是倫敦第三次主辦奧運。第一次是在一九〇八年，原本要在羅馬舉行，卻因一九〇六年，義大利維蘇威火山爆發，重創經濟，不得不放棄奧運，改在倫敦舉行。

第二次是在一九四八年，因第二次世界大戰剛剛結束，百廢待舉，倫敦無法再對奧運作額外的開銷，只能用既有的建設，因此被稱為「省錢的奧運」。

二〇一二年倫敦花了五億英鎊來辦奧運。將有全世界二百多國家的一萬七千名選手參加。相信中華民國也在內，希望台灣的選手們都能參加開幕典禮，顯出壯觀的氣勢。猶記二〇一一年在深圳舉辦的「世界大學生運動會」，規模也相當大，台灣的選手也參加了，結果在開幕式中，別國選手都浩浩蕩蕩的進場，輪到中華隊時，只有零零落落的隊伍撐著旗子，安靜的悄然出現。

我們猜是主辦單位怕花食宿的費用，要等臨到比賽時才來。這是輸了陣。希望這次奧運不會有這種情形發生，上次在北京奧運，中華隊進場時，好多人起立鼓掌，很風光呢！

這次的主辦單位，為了要展現一個不一樣的倫敦，展現一個現代化，有創意，開放的都市，並為上千個企業提供商機，投資雖多，但英國人認為它的回報也將非常豐碩，選手村離機場很近是個新區，蓋了二八一八個公寓，奧運結束後馬上全部出售，曾為日不落的大不列顛，什麼時候竟也會如此精打細算？

教堂點燭祈福

一路上，我們看過的古堡很多，不過倫敦東南「肯特區」的麗茲古堡（Leeds Castle）和白色絕壁（Dover Cliff）特別險峻挺拔、機關重重。歐洲的教堂也是多的不可勝數，都非常莊嚴美麗，但重要性就不一定了。倫敦郊區的「坎特伯雷」（Canterbury Cathedral）大教堂，非常重要。巍峨的一根根高聳巨柱，磅礴的立在如茵綠草之中。新教——英國國教，就在這裡創立。當年亨利八世因為羅馬教皇不准他和來自西班牙的凱塞琳皇后離婚，再娶安珀林，盛怒之下，廢了天主教而創立新教。「坎特伯雷大主教」成為英國教會的領袖。主教一任十年，包括英國皇室的婚喪喜慶，都由「坎特伯雷大主教」主持。戰哥和我一人點了一支白蠟燭，在聖壇前的燭光中，虔誠的為遠方的國家，親人祈禱。

重來歐洲，雖然馨香滿懷抱，但離家日久，離思漸遠漸無窮，愈來愈想著佳兒佳媳，孫兒孫女。是回家的時候了。

——二〇一二年八月一日

花深處

這是自日本大地震後，櫻花下第一次有人潮……

民國一〇〇年春天，我們正準備像往年一樣，去日本度幾天假，時間、地點、機票、旅館都訂好了。萬萬沒想到，在我們出發前，三月十一號，日本發生九級大地震，震央就在我們要去的仙台東方太平洋海域僅僅一百三十公里的地方，連帶而來的海嘯更創下日本紀錄上最廣的範圍。死傷失蹤的人數高達近五萬，被毀壞或海浪捲走的房屋達一百多萬棟，福島的核電廠也遭破壞，甚至有核能外洩的情況。這是日本在二次世界大戰後所遭受的最慘重天然災害，一直到現在，它的影響猶未復原。

今昔兩樣情

也因此，一年多以來，我們都不敢去日本，怕它不知什麼時候再震一震。二〇一一年三月底，朋友說，去日本走走吧！不要向東北方，向西南走應該沒有問題。我們想了一下，台北一個冬天以來的濕冷天氣，下不停的雨，真叫人肝腸寸斷，到日本去曬曬太陽吧！

我們規劃了東京、熱海、伊豆三個地方，一個星期的旅程。飛機到達東京後，在去旅館的途中，感覺和以前有些不同，以前，飛機尚未著陸，就可以看見東京的萬家燈火，一片透明。但如今。卻覺得暮靄沉沉，殘照黯黯，疏燈點點，只有明月依然如霜。街道上也不似從前的車如流水馬如龍。疏緩的車輛在高速道上顯得寂寞。羽田機場離市區本來就近，現在沒有交通壅塞，一會兒就到了熟悉的旅館。

雖已進入四月，東京街頭依然春寒料峭，但因氣候乾燥，倒也不覺得冷，一件外套已足夠。進入室內也不像以前那樣熱得難受，甚至不需脫下外套。後來才發現室溫只有二十三度，難怪不熱，睡覺時也要蓋層薄被。聽說夏天冷氣不能低於二十八度，那可是有點熱。這是電廠的規定，都為了要省電。災後遭破壞的核能廠，日本政府既無錢也無力修復，民眾也相當配合，並無人埋怨。

除了電，其他旅館供給的東西也都縮減。譬如潤膚液沒有了，牙膏變成細細的小條。早餐的菜單推出許多較便宜的組合，必要的牛奶、咖啡份量都減少。市面上的餐館生意也不好，往往除了我們，沒有其他客人，冷冷清清，稀稀落落。但是日本還是想用觀光來刺激景氣，因此旅館的住房費比以前低廉，連溫泉旅館也一樣。我們是週末到熱海，洗溫泉的人並不多，要恢復往日的盛況，恐怕還有一段相當長的時間。

櫻花下重現人潮

熱海的天氣比東京涼，我不禁好奇，為什麼叫「熱」海？原來海中也有許多溫泉，好似海水都熱了，因此得名。以前我曾經幾度坐車經過熱海，但這卻是我頭一次住在這裡。我很興奮，因為年少時就讀過的小說《金色夜叉》，就和熱海有關。《金色夜叉》是明治時代最受歡迎的小說，男主角是學生，和女主角是青梅竹馬的戀人，並有婚約。但女主角後來嚮往富裕的生活，背棄盟約嫁給一位富商，男主角受此打擊，性情大變，成為一個用最殘酷，最暴虐的手法來獲取金錢的高利貸者，男女主角訣別的地方就是熱海。這原是個虛構的故事，但那時每年都有不少日本人來這裡憑弔。

我們在溫泉的山林中漫步，身後是滿山漱漱的櫻花，面前是湛藍無邊無際的海水，風景極美，海邊有許多突出的岩石，相傳常常有人在岩石上投海自盡，認為看了這麼優美的風景，此生已了無遺憾，就在這美景中結束生命吧！日本人這種悲劇性格，真叫人無法理解。

旅舍雖比之前便宜，但服務依然細膩週到。這是許多其他國家的人做不到的。

去伊豆，因為它就在熱海緊鄰，而且因為看過川端康成得諾貝爾獎的小說之一——《伊豆的舞孃》。伊豆半島也非常美，它面對著兩片波光瀲灩的海水——熱海和相模灣，轉頭一望就是白雪皚皚的富士山，陽光明媚，清風徐來，水波不興，難怪川端康成會用這裡作他故事裡的舞孃來往的地方。

回到東京，櫻花剛好盛開。二〇一一年四月六日的《紐約時報》頭版頭條刊出一張東京的櫻花和花下遊人往來的大相片。我們不禁奇怪這張照片的新聞性。長久以來，東京的櫻花不是年年盛開嗎？後來才了解，這是自大地震後，櫻花下第一次有人潮。去年，地震使日本進入空前的浩劫和傷痛，這使日本政府向老百姓祭出「肅己」兩個字，那麼多的家破人亡，救災都來不及，誰能誰會誰可以去賞花呢？在全世界都注視著福島電廠遭毀後輻射外洩所可能造成的危害時，日本人卻默默承受這一切。百貨公司仍然有經過檢驗後災區的蔬果，牛奶，肉類等的販賣，它們的包裝上都有詳細的說明，有許多上了年紀，六、七十歲的人會專門買這些產品，他們認為即便有輻射汙染，它的影響總要廿年才會顯現，自己還能再活那麼長久嗎？不如買些災區的產品，來幫助那一大片土地上農民的收入。這樣的想法和做法，讓人體會到日本民族性中生命共同體意識的強烈。

超市同樣也有美國牛肉，上面也詳細註明產地和價格，比日本牛肉便宜許多，買不買，買哪種，全讓百姓自己決定。

行到水窮處

東京的櫻花真美，我們先到上野公園，再去千鳥之淵，從英國大使館到印度大使館，傍著護城河慢慢步行欣賞。青青河水上，小舟扁扁，長堤邊，那一株靠著一株娉婷的枝幹，天連樹樹連水，層層疊疊，譜出一個花團錦簇而清潔的世界。樹梢的微風，似乎在告訴川流不息的遊客，春天已到，溪上花開無數，若要穿花尋路，可到白雲深處，只恐花深裡，紅露濕人衣。災害過去，百業需要振興，我們終於了解紐約時報所以刊載那幅照片的真意！

跨年夜時，東京鐵塔燈光全熄，一片黑暗中，打出一個光燦的「絆」字，強調家的重要，家家牽絆，人人牽絆，重建日本的慘澹！

走出花深處，久遠以前馬龍白蘭度主演的「櫻花戀」，片中曾得到金像獎的主題曲，似乎又聲聲入耳：

莎喲娜啦，日本人的再見
輕輕說著 莎喲娜啦 但你不許哭泣

莎喲娜啦 如果註定這樣
輕輕說著 莎喲娜啦，當你離開時 請帶著微笑
我們不再能停下欣賞 那盛開櫻花的美麗
我們不再能站在樹蔭下 抬頭仰望藍天
莎喲娜啦 莎喲娜啦 再見！

——二〇一二年四月二十三日

夢縈神州

昭陽殿裡第一人

貴妃的身影在潺潺的水柱後，若隱若現，給予觀眾無限想像。

從大陸回來已經二十幾天了，看到的種種歷史文物風景還是很鮮活的印在腦海中，低迴不能自已。也許因為這些都是我熟悉的史實吧！

二〇〇五年後，每年我們大約都會在春、秋兩季赴大陸遊覽，尋幽探勝。大部分都是匆匆的來、急急的看、快快的離開，除了幾個大家都熟悉的地方像秦俑、黃山、廣西梯田、張家界、九寨溝、玉龍雪山、四川臥龍熊貓、山海關等地外，其它都是浮光掠影。就連西湖這樣的名景，雖然我們遊了湖、吃過飯，但西湖十景等，我們也是匆匆掠過，沒有仔細欣賞。

武夷山的風景真美啊！石上朱熹的刻字、潺潺的溪水、泛舟時船夫吟詩般的導覽講辭，我既沒有時間也沒有辦法把它們記下來。離開後，除了那裡的風景不能忘之外，其它都像是過眼雲煙、再也記不住了，多可惜啊！大部分的地方，都是這樣走馬看花，走的地方是真多，可是，回頭一望，都像是大江東去、浪淘盡所有的記憶。

可是，這一次不一樣。由於天氣忽然變涼，戰哥感冒了，聲帶受到感染，一點聲音都發不出來，變成一個『病人』，當然需要多一點時間休息。於是，我們參觀的腳步慢下來，而且，去的地方背景都是從小就熟記的，大部分有說明資料，在休息的時候可以反覆閱讀，古今對照，真是樂趣無窮，收獲良多。

回眸一笑百媚生

我們抵達西安的當天晚上，排定的行程是去看華清池。我本來想華清池應該白天看吧，否則那洗凝脂的溫泉水、那池的樣子，怎麼看的清呢？沒想到戰哥在西安的表甥女說：「表舅媽，去看吧，表演有八十分鐘，挺大器的，我都看了三遍呢」。

到了華清池，池旁一排排凳子上坐滿了觀眾，池後的驪山上佈置了滿天星斗，乍看下，像是真的。長安山月半輪秋，山窪處嵌著彎彎的月亮、池水上搭起亭台樓閣、長長的甬道和台階一直連到岸邊。它用高低的噴水、燈光和音樂，編織出纏綿悱惻的氣氛。「長恨歌」三個大大的字在舞台上方閃爍。大家都知道「環肥燕瘦」，不過扮楊貴妃的演員卻十分窈窕！劇中唐明皇和楊貴妃以舞蹈來表達兩人的深情和貴妃的受寵。「回眸一笑百媚生，六宮粉黛無顏色」。到第三幕：〈春寒賜浴華清池〉。舞台上貴妃穿著非常輕薄短小的白色衣裙，在煙霧嬝繞中柔婉的舞著，時而仰天、時而半側、時而彎身，紫色的水柱慢慢升起，直至將她淹蓋住，貴妃的身影在潺潺的水柱後，若隱若現，給予觀眾無限想像。

接著安祿山出現，安祿山高鼻深目體壯，符合傳說中他有西域血統的面貌。然後發生安史之亂，舞台上戰火紛飛，戰鼓震天，六軍不發，玄宗被迫在馬嵬坡用白綾賜死楊貴妃，「君王掩面救不得，回看血淚相和流」。直到這裡，華清池的歌舞劇還是照著「長恨歌」發展。劇中的唐明皇，淒涼孤單寂寞的在舞台上徘徊復徘徊，然後燈光轉換，淒楚的歌聲在空曠的舞台上久久迴盪，「七月七日長生殿，夜半無人私語時，在天願為比翼鳥，在地願為連理枝」。這句詩反覆纏綿的唱著，配著一排排噴泉起落，婀娜的舞蹈，十分動人。然後，舞台兩邊各伸出半截天橋，慢慢會合，天上團團明月高掛，白鴿飛舞，皇帝和貴妃在橋上再度相會，緩緩向月宮走去，「七月七日長生殿」的歌曲一路相隨，直到劇終。

動人詩作傳千古

這個舞台劇真是像表甥女講的——大器，它用的背景都是天然的山、水。只是，我當時有些疑問，在「長恨歌」裡，唐明皇連作夢都沒有夢到楊貴妃，「悠悠生死別經年，魂魄不曾來入夢」，而且最後是以「天長地久有時盡，此恨綿綿無絕期」來作結尾，怎麼能是成仙偕老呢？

回來後，我還在想這件事，白居易的「長恨歌」因從小熟記，因此對我有根深蒂固的影響，我仔細的推敲研究，終於了悟到，「長恨歌」的後半段，完全是詩人自己的想像，歷史上並無法證明楊貴妃被賜死後還有什麼發展。詩人是用自己的詮釋來寫一個淒美動人的愛情故事，他寫得太好、太美，所以流傳了千古。

我又發現，替玄宗貴妃編寫後半生發展的人還真不少。他們的結局都被文人墨客安排的十分複雜，譬如和白居易同時的陳鴻，便用小說體裁寫了一個「長恨歌傳」。元代的白樸著有「唐明皇秋夜梧桐雨」，簡稱「梧桐雨」寫玄宗夜間作夢，夢到楊貴妃，但被梧桐雨驚醒，醒後思念佳人，惆悵不已，並沒有結局。到了清代，洪昇寫了「長生殿」，是很長的戲曲，敘述這對戀人受到天上織女垂憐，雙雙升到月宮裡團圓。這些演繹都由於白居易動人的創作。

詩人借著歷史，卻不拘泥於歷史，他詩中的一些臆測，尤其「忽聞海上有仙山，山在虛無飄緲間」。「中有一人字太真，雪膚花貌參差是」，給後人無限的想像，甚至有人傳說楊貴妃並沒有死，她在白綾上解下來後，還有一縷游絲，在馬嵬坡被搶救活過來，據說還在那裡找到一條她用過的圍巾，她向東逃逸至海邊，東渡日本到福岡九州一帶，在那裡開始了新生命，同時教導日本人歌舞，所以日本人稱楊貴妃為世界三大美人之一。

因此，我釋然了。華清池的歌舞劇可以替唐明皇和楊貴妃作任何安排。畢竟，沒有任何歷史可以考證的，如果真要挑剔，劇名似不應該叫「長恨歌」，既是「長恨歌」，就應按白居易的詩忠實的敘述，如果改一個名字，就無可厚非了。

不過，楊貴妃真是紅顏薄命，唐明皇待她「三千寵愛於一身」長達十一年，她竟連一子半女也未生下，否則，她的命運也許會重寫，不是嗎？

——二〇一一年十月十七日

世紀之美

唐墓壁畫完全體現大唐王朝的時代精神，一睹千年前古人的食衣住行育樂，留給後人無限的想像和回味。

陝西是一個非常富裕的省分，有十三個王朝曾建都於此，長達一千一百年。除了皇宮外，許多皇帝和皇親國戚的陵墓也建在這裡。我們一行參觀了漢陽陵、大明宮，陝西歷史博物館展廳近期才開放展覽的九十七幅唐墓壁畫。這裡我想敘述的，是唐墓石壁上的畫。

唐代壁畫氣勢昂然

唐代墓壁畫主要集中於以西安為中心的長安城附近，尤其是北部。壁畫除了描繪墓主人生前日常生活之場景，更表達死後對另一個世界的企盼，充滿對生命與自然的熱愛。

中國古代繪製畫於壁上的歷史非常早，秦漢時代，達官貴族墓葬時也常以壁畫裝飾；隋唐時，結束了三百多年南北朝分裂的局面，政治的統一、經濟的蓬勃發展，使得當時中國藝術文化發展達到頂點。唐墓壁畫完全體現大唐王朝的時代精神，公元六至九世紀，全世界幾乎沒有一個國家可以和唐王朝的強盛與繁榮媲美。

當時唐代崇尚表現充沛生命力的健美，即是以「胖」為美的標準；同時因受佛教和希臘藝術的影響，出身不高貴的宮女、樂伎、內侍、衛士……等，皆表現昂然的氣勢，完全沒有卑微或怯懦的神情。除了宦官，其它人都畫得非常好看，穿著亦多彩多姿。壁畫裡的女性上衣的領口開的都很低，可以看出唐代婦女禮教束縛少、生活較開放。

由於墓壁畫保存不易，空氣、溫度及濕度都會造成影響，因此展覽廳設在博物館的地下。我們看到的壁畫隨著時間的不同而有所改變。唐太宗貞觀年間，有許多巨幅壁畫、在李壽——高祖堂弟墓中，有許多騎馬儀衛圖，人多、馬也多，十分熱鬧。馬多為白色，腿較身軀短。騎士所穿著的上衣也短，想必是考慮上、下馬及跑步之方便。

許多儀衛穿著紅色長袍，推測應為四、五品官。根據學者考證，三品以上是紫色、四五品紅色、再來是綠、青色。其面貌和一般國畫人物無異，都是細眉細目，這些畫應是呈現墓主人出遊狩獵的情景。

侍女形象風姿綽約

女性之墓壁畫也因年代的不同而有明顯不同，早期受漢魏之影響，侍女造型纖細、頭的比例較大，還未達到唐墓壁畫最成熟的境地；太宗中晚期至高宗時期，著墨最多的是宮女、侍女，它的風格顯然與唐初不同，侍女的臉頰豐潤、似鵝蛋形，身材則高大健壯；有幾幅侍女的頭上梳雙環髻，應是受胡人的影響。

胡人對中原的影響，始自春秋戰國時期，到了漢朝，由於漢武帝與西域交往較多、到東漢時更是頻繁，胡人常至中原做生意，生意的種類，除了古董珠寶、就是酒，這是因為西域盛產葡萄、葡萄酒，因此唐朝王翰〈涼州詞〉有：「葡萄美酒夜光杯，欲飲琵琶馬上催。醉臥沙場君莫笑，古來征戰幾人回」的詩文傳世。

不僅如此，東漢詩中對胡人女子的衣服及頭髮的描述，如〈羽林郎〉裡胡姬：「長裙連理帶，廣袖合歡襦。頭上藍田玉，耳後大秦珠。兩鬟何窈窕，一世良所無」，因此唐代年輕侍女的雙環髻可能也是受胡人的影響。

墓壁畫中婦女所梳的髮型，除了環髻外，大多梳成高高的髻頂在頭上。解說員表示很多人都以為髮髻如此高，中間應有假髮或有它物支撐，但經查證，高髻後面通常會插一個髮梳，有金、銀、玉……等，體現唐代婦女插梳的流行風尚。

墓壁畫裡許多侍女穿著胡服，唐代的胡服設計，包含西域少數民族、波斯及印度等地。胡服翻領、胡袍開襟、上面繫有帶子、內穿條紋翻邊長褲，或穿條紋顯明的長裙，和前面的「連理、合歡」相符。胡服的流行應在唐代貞觀至開元年間，亦即是太宗至玄宗年間。

唐墓壁畫中非常特殊的是有好幾幅是「女著男裝」，穿著男裝的侍女有的吹著樂器、有的托盤、有的顧盼巧笑。女著男裝在武后、玄宗年間流行於宮廷、後逐漸影響到民間，可見唐代對男女平等的尊重。

侍女體態的豐盈，愈至盛中晚唐愈盛，墓壁畫中的侍女面貌豐滿、秀鼻櫻唇；體型肥而不臃腫、胖而不笨拙，表現了「風姿綽約」的形象，以往沒有一個王朝如此，以後也沒有。

寫實傳神恍如隔世

胡人的影響尚有器物，〈羽林郎〉中有「就我求清酒、絲繩提玉壺」字句，墓壁畫有侍女拿長頸橢圓形玉質或銀質瓶及高足杯，不僅這個瓶子是胡物，高足杯應也不是中國傳統器皿，根據考證，它最早出現在羅馬、拜占庭時代沿襲下來，不過，它對中國的影響應是間接的，因為西方的杯子，大多刻有野獸或戰爭武力的場面，但唐代的高腳杯，所刻的多半是花鳥和祥瑞之物。目前已發現三十多個這種杯子。

食物也出現在墓壁畫上，有一幅是唐中宗時代，六位女侍，有的捧著食盒，內應有食物；其中三位捧著盆景，盆景也是食物，類似現在的奶油蛋糕。

還有六扇屏風，每幅都是兩位女子，似乎是一主一僕，兩人在春光明媚、柳綠草青的美景中，或彈琴、或小憩、或漫步、或賞花。每幅屏風都有一棵或淺或濃，綠色的大樹，圖邊襯以山石、花草、飛禽……等，使畫面更為靈活生動。悠閒、安逸的生活似乎反映了當時的生活型態。這幾幅屏風曾在西安世界園藝博覽會長安塔上展覽，為遊園的人驚歎不已，好像千餘年前的「長安麗人」又復活過來，與今人一同郊遊賞玩。

屏風在墓室與墓主人棺床相依，反映了唐人「事死如生」的觀念；而屏風數量多，也反映它在現實生活中被普遍使用的情況。

墓壁畫中還出現侏儒，侏儒身穿翻領胡服。其實秦漢時代就有侏儒，是宮廷取樂的對象。唐代也一樣，進宮的侏儒多半舞者、樂師、藝人的角色，以娛樂上流社會人士。

墓壁畫中亦出現不少男侍，但不僅衣著和一般傳統男侍不同，嘴上無鬍鬚、表情丑角化，站的姿勢都不正，原來他們是宦官。據記載，唐代宦官在武則天時有三千多人，也埋下唐玄宗時宦官攬權的伏筆。

此外，墓壁畫中也有唐代的「外交活動」。有一幅畫是武則天時代，以武后孫子李重潤接見使節團前為內容，那幅壁畫上有六個人，前面三人，其中一人只看到背影，另外二人面容柔和、衣帽類似，頭上除頭巾外，尚有籠冠，手中拿著笏（古代上朝時拿的板子），顯然這三人是唐代官員。壁畫中後面的三個人，第一人為禿頭、高鷹鉤鼻、深而大的眼睛，身著翻領棗紅長袍、束帶，據考證此人應來自東羅馬；他左邊是東方人，頭戴染成紅色的羽毛冠，並以帶子自雙耳垂下繫於下顎，推斷此人應是新羅（現韓國）使節。第三人頭戴皮帽，身穿大氅、皮衣皮褲，應是東北很冷地方之少數民族，這三位人士在等待接見。由於這幅畫是在太子墓中，應該是李重潤生前的外交活動之一，十分傳神，可見那時唐代國力之強、之遠。

玄宗時期的一個墓壁畫非常大，以三個石板組成，是唐代宮廷的表演，兩邊均為樂團，一邊五人，另一邊六人，均手執樂器、如長笛、笙、琵琶、豎琴……等；中間是一個高鼻深目有虬鬚的胡人在波斯地毯上跳舞，所以那時漢族的傳統藝術是融合了西域的特點，所謂「緩歌慢舞凝絲竹，盡日君王看不足」。

從唐墓的壁畫可以看到遠在一千三百多年前古人的食衣住行育樂，留給後人無限的想像和回味，這恐怕是這些墓主人所想像不到的吧。走出室外，依然是好山好水、滿處風煙，可是不知為何，竟然恍如隔世。

——二〇一一年十月十八日

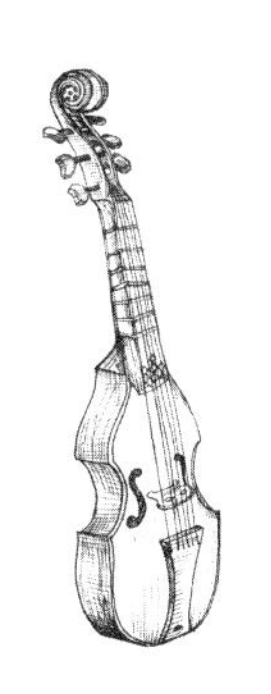

西出陽關

車窗隔離了駝鈴的低唱，絲綢之路好似又在我們腳下展開，給古老的波斯、羅馬，揹去繁榮的漢唐，古西域的樂音在風中飄散。

我家牆上掛著一幅刺繡圖，上面栩栩如生的繡著古代絲路的行程，從西安開始，一直到羅馬，到法國里昂。里昂素有「絲綢之城」的美名。這幅繡圖，是我們七月份在里昂旅行時買的。每天看著它，不禁也想去和絲路有關的地方看看。

其實，三、四千年前，草原上，就有小額的貿易存在，但直到漢武帝時，才真正開闢了古代東西方經濟文化交流的渠道——「絲綢之路」。

而開闢絲路，是非常艱難的。自漢初以來，北方的匈奴勢力強大，不斷的騷擾西漢的邊境，漢朝最初採取「和親」政策，但到漢武帝，因國力空前富強，就想討伐匈奴，於是派張騫下西域，先做一些合縱連橫的工作。

在紀元前一三九年，張騫帶著百餘隨員，第一次出使西域，但不幸，他一過長城就遭匈奴騎兵發現，並被抓至匈奴王單于面前，被軟禁了十餘年，並被強迫娶妻生子。後來他藉機逃脫，返回漢朝，不過在途中又被發現，扣留了一年多，幸好匈奴內亂，張騫又逃了出來，在西元前一二六年回到漢朝。出發前的百餘人，僅有兩人生還。此行的艱難，可見一斑。

陽關不復　千年絕唱

他回朝後，以他對西域的了解，建議武帝，一面和解，一面征討。武帝深以為然，就派霍去病攻打匈奴，不但奪回河西走廊，並一直打到翰海〈即蘇武牧羊之地，今俄國貝加爾湖〉，封狼居胥，飲馬翰海，匈奴遠遁。那時的匈奴流傳著一首民歌：

亡我祁連山，使我六畜不繁息，
失我燕支山，使我嫁婦無顏色。
（注：燕支山產紅藍花，就是胭脂。）

另一面，漢武帝在西元前一一九年再度派張騫出使西域。張騫帶著部屬和眾多牲畜財帛同行。在他兩次通西域之後，西域才在中國有一席之地。漢武帝積極經營西域，就在我們去的河西走廊設了酒泉、敦煌等四郡和陽關、玉門關兩關。絲路才真正展開，一直到印度、波斯、歐洲東部及北非。而希臘文化已隨著亞歷山大大帝東征而帶至中亞、南亞、西亞。絲路使東西文化接觸交流。史學家司馬遷把這些資料紀錄於《史記》中，替從來無史的西域留下珍貴的歷史。

漢宣帝時，在河西走廊建了不少烽火台、城牆，作為標示，使交通更方便，西域有名的汗血寶馬「天馬」、貂皮、琉璃、琥珀、葡萄、胡樂，乃至希臘羅馬的雕刻繪畫等，都陸續傳入中國，因此唐詩中有「葡萄美酒夜光杯」的句子。殊方異物，四面而至。而中國的絲綢、紙張、醫藥、貨幣、開井法、鐵器鑄造技術等也傳入西域。其中開井和鑄鐵技術大大提高了西域地區的生產和防衛力量。

一〇一年九月下旬，我們先到蘭州，再到嘉裕關，都是搭飛機，從嘉裕關起，乘車到敦煌。車窗左側，是皚皚白雪覆蓋的祁連山，右邊是沙漠，平沙莽莽黃入天，不時有駱駝的隊伍經過，只是車窗隔離了駝鈴的低唱，絲綢之路，好似又在我們腳下展開，給古老的波斯、羅馬，捎去繁榮的漢唐，古西域的樂音在風中飄散，恒河的浪花在夏日澎湃。

雖然莫高窟的壁畫在風沙的山上一排排站立，好像在宣揚人類從古到今的智慧，但我心裡最渴望見的，卻是千年來在王維、王之渙、李商隱、岑參等人的詩裡，那種蒼涼、慷慨、悲壯的地方——陽關、玉門關。在他們的筆墨間，不僅有關山明月、戍樓羌笛，更有一種地久天長的情懷。古人的一切，雖難再睹，但卻能在詩歌中獲得如同親身經歷的感受，「勸君更進一杯酒，西出陽關無故人」，「羌笛何需怨楊柳，春風不度玉門關」，我所摯愛的，正是這種無怨無悔的千年絕唱！

在敦煌附近，我們看了很多地方，但都不是兩關，我不禁一再問「陽關還在嗎？玉門關還在嗎？」大陸朋友一直說：「會帶你們去的！」終於，在要離開甘肅的前一夜，他們說：「明天，去陽關！」我好高興，夢中都是「陽關三疊」的歌聲。

第二天一早，我們就離開敦煌，奔馳在去陽關的道路上。天，出奇的藍，飄幾朵悠悠白雲，日照輝煌的洒在地面，自漢以來，多少王朝把這裡作為軍事要地，多少戰士在這裡防守爭戰，多少商賈在這裡驗證出關。在我想像中，陽關應該很有規模，在古代，這裡是一個繁華的綠洲。但我們的車，卻愈來愈走進沙漠深處，一個多小時後，我們到一個沙丘，下車步行，遠處便看見一塊約有兩人高的石碑，上面寫著四個紅色的大字「陽關遺址」，「遺址」？我呆住了，那四個字，紅的蒼白，大的傷心，「陽關回首莫凄凄」，怎能不悲凄？夢中的陽關，竟成了茫茫天地中的沙丘，難怪大陸朋友遲遲不帶我們來。

流沙、狼煙、渭城曲

如今，在陽關的遺址附近蓋了小小的城樓，中庭有一個巨形的張騫騎馬的銅像，他手持長矛，穿著飄飄欲舉的披肩，威風凜凜，英姿颯颯，看了叫人有出自心底的敬佩。兩側有博物館，分別展示有關絲路的文物和歷史，並有古代的兵器和生活用具，還有一幅圖，標示了四條古代的絲路，一條在北方的草原，兩條是分別從陽關和玉門關出發，在伊朗高原和兩河流域會合，再到西亞、土耳其、埃及。第四條是中國南部由海路而西行。

根據古本記載，陽關，東西二十步、南北廿七步，位於現在南湖鄉西方的流沙地帶。傳說唐天子為了和親，將自己的女兒嫁給西域于闐國王，並帶了好多珍貴的嫁妝。送親的隊伍長途跋涉，來到陽關，在這裡歇息。不料，夜間狂風大作，黃沙四起，大風刮了七天七夜，風停後，一切都不見了，只剩流沙一片，和一個漢代所建的烽火台，高高立著。

烽火台或稱烽燧，是古代的傳訊系統，每間隔一段里程就有一個高高的土台，一路綿延。台上放置燃料，白天燒煙傳訊叫燧，夜間點火稱烽，明亮的火光足可傳到下一台。唐代時有用狼糞作燃料，所以唐詩中有「狼煙」出現。

在陽關遺址，還有出關的關卡，我們手拿竹編的「護照」，穿過有穿古戰衣的士兵的關口，在竹排上蓋下印，就出關了。

關外，滿目蒼涼，穹蒼下黃沙無際。迎面立著王維碩大的石雕像，他左手舉杯，右手前伸，似乎在揮別舊友，「西出陽關無故人」。旁邊有一石塊，上面刻著他不朽的著作——「渭城曲」。

沙漠夏日天長，離開陽關，還是在碧藍的天空下。雖然陽關不再，但這裡的一切還是使我們在想像中去延續歷史的弦歌。這已吹了千年的萬里長風。吹響了絲路上所有的絹綢，吹亂了我的衣袂短髮，吹不掉的，是旅人心底的烙印，和臉上嗚咽胡笳吹落的淚痕。

——二〇一二年十一月十九日

千年弦歌

南宋時，理學大家朱熹和張栻在此辯論了三晝夜。王陽明、曾國藩、左宗棠、康有為、梁啟超都曾在此或講學或就學。

嶽麓書院，這個千年學府，沒來之前，真沒有想到它的環境是如此幽美。它三面環山，前面是湘江，一入內便覺古木參天，層巒疊翠，碧波盪漾。不僅僅是一座學府，也是旅人參觀遊覽的勝地。

「嶽麓書院」自古便是四大書院之一。在唐末五代，一開始是智睿兩個僧人割地建屋，購書辦學，後來在北宋年間（西元九七六年）正式成立嶽麓書院。

它比法國巴黎大學最早的索邦（Sorbonne）學院創建的時間更早，也比英國的牛津大學早三百年。當時它和象山、麗澤、江西的白鹿洞書院，合稱四大書院。不過，這四大書院，除了嶽麓書院一直被肯定之外，其他三個都有不同的評價。而且，也只有嶽麓書院延續辦學千年，並發展成現代的湖南大學。

書院的大門上方懸著一個匾：「嶽麓書院」，是宋真宗賜的。兩旁有一副對聯：

惟楚有材　　於斯為盛

這副對聯表現出湖南人的傲氣與自信。在清代嘉慶年間，書院進行大修，校長寫了上聯（出於《左傳》），請學生對下聯，大家苦思不得，後來一位貢生張中階路過，脫口而出「於斯為盛」（出於《論語》），所有師生都稱讚不已。

千年書院的自信驕傲

欣賞了大門，就入內看講堂。講堂位於書院的中心位置，是書院教學重地和舉行重大活動場所。北宋時期這個地方就存在，但現在我們看到的是清代康熙年間重建的。

講堂屋簷前有「實事求是」的匾，講堂內，除講壇外，都是空的，只有題字和圓柱，大廳中央頂上以及橫梁上有兩塊鎏金木匾，「學達性天」和「道南正脈」，分別是康熙和乾隆所賜，講堂正上方就是講壇，壇上兩張椅子，是給教師坐的。後面壁上是張栻的〈嶽麓書院記〉，旁邊還有清代學院校長曠敏之的撰聯：

是非審之於己，毀譽聽之於人，得失安之於數……

左右兩壁有朱熹寫的「忠、孝、廉、節」四字，字體相當大。這幾句話，我反覆在心中背誦，得到不少處世為人的了悟。

講台壁上的「嶽麓書院」學規（校規）也設想周到而有意義，好比「時常省問父母，舉止整齊嚴肅，服飾宜從儉素，痛戒訐短毀長，損友必須拒絕，參讀古文詩賦，夜讀仍戒晏起」等，都是青年學子的行止規範，值得學習。

來聽講的學生，可以隨意坐在搬來的椅子上，椅子不夠時，就拿墊子坐在地上。據說南宋時，理學大家朱熹和張栻在此辯論了三晝夜。王陽明、曾國藩、左宗棠、康有為、梁啟超、譚嗣同、熊希齡、程潛、陳天華、蔡鍔、黃奐等，都曾經在嶽麓書院，或講學，或就學，對後世貢獻頗大。

循著迴廊走有另一間屋，門外有一副對聯，實在使我啞然失笑：

吾道南來原是濂溪一脈　大江東去無非湘水餘波

多自信、多驕傲的嶽麓書院啊！浩浩長江，僅僅算作湘江的支流呢！不知道這對聯掛了有多久，也有千年嗎？

嶽麓書院的學生不僅僅是作學問而已，他們也有無比的愛國情操，宋朝末年，它的師生為了抵抗蒙古人入侵，在湖南潭州保衛戰中，大多壯烈犧牲，表現了崇高的愛國精神；還有王夫之反清復明的長久抗爭；另外，熊希齡、楊昌濟、程潛等人追隨時代的步伐，成為民主革命志士。尤其陳天華，他與黃興、宋教仁等人在長沙創立「華興會」，策畫武裝起義，後來事蹟洩露，便逃亡日本加入「同盟會」，擔任《民報》編輯，寫了許多文章宣傳革命思想。一九〇五年十二月，為了抗議在日本中國學生的不團結和種種陋習，在東京投海自盡，希望他的死能督促並改變這些缺陷。他們都為推翻滿清，建立民國，作了重要貢獻。

幾度興衰千年不絕

嶽麓書院在千年歷史中，因為改朝換代，戰火綿延，而有幾度興衰起伏。鴉片戰爭以後，傳統的教學體制和教學內容已不能符合社會需要，加上受了西方學術影響，一八九七年創立了時務學堂，此後的二十多年，書院的體制不斷更改，一度改成湖南高等師範學校。之後又改成湖南公立工業專門學校，倡導務實，「實事求是」這個匾就是那時候寫成的。一九二六年，合併工專、商專、法專組成省立湖南大學。一九三七年，國民政府升它為國立湖南大學，嶽麓書院為湖南大學最古老的學院，一直到現在。

離開這裡，再看一眼「惟楚有材，於斯為盛」八個字，那千年不絕的弦歌，似乎在我耳邊久久盪漾！

——二〇一一年十一月二十二日

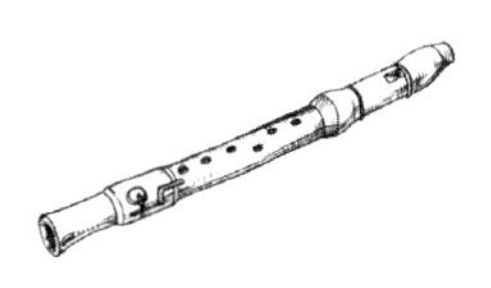

彷彿在歷史長河中，重要的人物都在我眼前一一過去。不知道是「岳陽樓」造就了〈岳陽樓記〉呢？還是〈岳陽樓記〉使「岳陽樓」名揚千古？

在計畫這次旅行之初，我就想去湖南，因為實在想看從小就背得滾瓜爛熟的〈岳陽樓記〉裡的「岳陽樓」，和李白遊洞庭五首詩之一，其中的〈君山〉。

「昔聞洞庭水，今上岳陽樓」。我們去看岳陽樓的那天，天氣忽然轉涼，又飄著纖纖小雨，煙也濛濛，雨也濛濛，洞庭湖裡天連著水，水連著天，煙霧並不影響它的浩瀚和蒼茫，在它四周，曾經有多少朝代興廢，又有多少人流連忘返。那無邊無涯的湖面，不僅僅是天空，連周遭的青山綠水也浮沉其中，真的是「朝暉夕陰，氣象萬千」。我的心中有莫名的感觸和喜悅，彷彿在歷史長河中重要的人物都在我眼前一一過去。不知道是「岳陽樓」造就了〈岳陽樓記〉呢？還是〈岳陽樓記〉使「岳陽樓」名揚千古？

岳陽樓是典型的中國古老雕梁畫棟。它在什麼時候建的，有很多說法，有人說它原是一千八百年前，三國時東吳大將魯肅檢閱水軍的點將台，以後才變成文化觀樓，也有人說它是唐代才開始建的。不過，岳陽樓的文化景象是在唐代達到高峰，知名的文人學士幾乎都來過岳陽樓尋幽探勝，題文留墨。

萬里迢迢一睹文化光芒

可是中國古老的建築都是木製的，本來就容易毀壞，經過悠悠歲月，風侵雨蝕，戰火紛爭，滄海桑田，遭到上百次的毀損，又有上百次的修建，滕子京的修建是在北宋年間，修畢，請范仲淹為它作記。不過這樓在明代崇禎年間又為大火所毀，以後重複修建，在清光緒年間，再進行了一次大規模的整修，雖然民國以後也有多次維修，但都維持了原來的面貌，就是現在我們所看見的飛簷黃瓦紅柱的三層樓建築。

滕子京也是個很有才學的人，在樓落成時，憑欄遠眺，寫了一首很好的詞〈臨江仙〉：

湖水連天，天連水，秋來分澄清
君山自是小蓬瀛，氣蒸雲夢澤，波撼岳陽城
帝子有靈能鼓瑟，淒然依舊傷情
微聞蘭芷動芳馨曲終人不見，江上數峰青

在進入岳陽樓景區之後，先看到具體而微的五個模型，分別代表它在唐、宋、元、明、清的風貌，每個朝代都不相同。到了現在的岳陽樓，我不禁在心裡念著「萬里迢迢，我竟真的站在你門前」！看它「銜遠山，吞長江」，好不氣派。

岳陽樓的匾在頂層飛簷下高高的掛著，進到裡面，那篇擲地有聲的文章放在二樓牆壁上，原版當然就是西元一〇四六年北宋滕子京掛上去的，而我們看到的，是在乾隆八年張照所寫。不過其中有一字之差，原文「浩浩湯湯，『橫』無際涯」，這橫字，張照改寫成「渾」，不知有什麼典故？應是「文人所見略『異』」吧！

其實，范仲淹並沒有親自登上岳陽樓，他被貶官至河南鄧州，也有人說是在陝西延安，戰哥說是陝北榆林，反正，他沒有親眼目睹岳陽樓的景觀，他是聽朋友的描述而寫成的。能憑想像寫出這篇千古傳誦的文章，真不簡單，它使岳陽樓有無與倫比的文化光芒，尤其那兩句「先天下之憂而憂，後天下之樂而樂」，不僅使岳陽樓有恢宏的氣度，而且有了「心憂天下」的境界而永垂不朽。

登君山島

李白有〈陪族叔刑部侍郎曄及中書賈舍人至遊洞庭〉五首。其中之一就是：

帝子瀟湘去不還，空留秋草洞庭間；
淡掃明湖開玉鏡，丹青畫出是君山。

四千多年前，堯帝看見舜才德兼備，為人正直，為事公道，刻苦耐勞，深得人心，便將他的帝位傳給舜，並且將他的兩個女兒娥皇、女英嫁給舜為妻。舜不負堯的託付，讓禹治水，使老百姓有穩定的生活。但到舜帝晚年，長江一帶發生戰亂，便要去那裡巡視，娥皇、女英爭著和她們的丈夫同去，好沿途照料已年邁的舜。但舜想到，此去關山萬里，道路曲折遙遠，途中可能險阻重重，於是悄悄帶了幾個隨從，獨自離去。

娥皇、女英知道舜已走後，立刻向南方追趕，遇到一位漁人，便將她們二人送到洞庭山。後來舜不幸死在倉梧，二人得知消息，便在湘江邊上，痛哭流涕，她們的眼淚，滴在竹子上，竹子染得淚痕斑斑，就是現在的「斑竹」，也稱湘妃竹。舜死了，娥皇、女英痛不欲生，雙雙跳入湘江自盡而亡，當地人可憐她們，替她們立了「二妃墓」，更將洞庭山改名為君山。

「君山」，就是今日洞庭湖內，和岳陽樓遙遙相對，面積〇．九六平方公里的「君山島」。「二妃墓」附近，「斑竹」遍地，黑色的斑，點點滴滴，斑斑駁駁，盡是傷心淚痕。雖然歲月淹遠，仍然使造訪者不得不掬一把思古之同情淚。歷代詩人訪客，如屈原、李白、劉禹錫等，都有憑弔的作品，這些詩詞和二妃的故事，和「斑竹」，成為千古難忘的詠嘆，娥皇、女英地下有知，也差可告慰吧！

此外，君山島產茶，有名的「君山銀針」就產在這裡。一層層茶園像是一條碧綠的翠帶環繞，讓「君山島」更顯得淒迷美麗。

離開岳陽，不勝依依。回首一望，卻顧所來徑，蒼蒼橫翠微。

——二〇一一年十一月二日

親情觸我心

悔

想到自己如此傷害一位老人家的心，我的後悔、遺憾，從未因歲月的逝去而淡忘。

五彩繽紛的煙火，送走了二〇〇八；震耳欲聾的炮聲，迎接著己丑年的來臨。翩暮年初，總是倍加傷感，逝者如斯、存者如斯、在者如斯。

記得小時候，每到年夜，我們一群小蘿蔔頭，在姨媽——羊孃孃的帶領下，到處放鞭炮，愈晚愈帶勁，永遠是午夜之後，才會起駕回家。這些快樂的兒時記憶，一直深刻印在我的腦海中，永不磨滅、永不遺忘。童年歲月，一直陪伴我、照顧我、愛護我的姨媽——羊孃孃，也是我心目中，至今仍無法忘懷、永遠感念與滿懷愧疚的親人。

嬤嬤，趕快來救我

羊嬤嬤，母親的妹妹，年齡較母親小八歲，生肖屬羊，天生愛孩子，不僅是她自己的孩子，她兄弟姊妹的孩子，以及兄弟姊妹孩子的孩子。嬤嬤與我特別有緣，記得我一歲時，抗戰勝利，因為父親的工作遷來台灣，父母親覺得這只是暫時，將來一定會回大陸，因此沒有購置任何房產，選擇住在父親配給的公家宿舍，那是一戶糊著紙門、鋪著榻榻米的日本式房子。但沒想到民國三十八年，國民政府撤退來台，我的奶奶、叔叔、姑姑、外公、外婆、舅舅、阿姨們，一群人全部飛來台灣，紛紛住進我們家。

我是第二代裡最大的孩子，因此受到所有長輩們的寵愛呵護。羊嬤嬤來台之後，轉入當時的行政專校就讀（後改名為中興法學院，現名台北大學），每次下課回到家，她就抱著我玩。我的父親非常嚴格，由於我四歲就念小學，懵懵懂懂的，如果考試退步，父親一定會處罰。用尺或竹竿打我的小手心，疼痛讓我嚎啕大哭，這時如果羊嬤嬤在旁邊，她就會哭得一把鼻涕、一把眼淚的和父親理論，急忙把我抱開，好像我是她的親生女兒一般。這樣的情景從幼稚園持續到小學，從台北的舊宅發展到基隆的新家。當我們居住在基隆時，羊孃孃平時要上班及上課，只能在週末來探望我們，每當我被父親處罰，關在家中最後一個小房間時，我總是一面哭、一面喃喃自語：孃孃、孃孃，趕快來，趕快來救我。

上了中學，漸漸懂事，知道讀書的重要，也體會到讀書的樂趣，成績也日益進步，受父親的責罰也減少了，不過仍然會因為我，讓孃孃與父親的戰火，始終未歇。究竟為了什麼事，我已記不得，但我印象中羊孃孃就是我的護身符，永遠在保護我。

等我長大成人、結婚生子，羊孃孃也升格成了孩子們的姨婆，這位姨婆疼愛我的孩子像當年疼愛我一般。她喜愛烹飪，燒得一手好菜，經常下廚，做一些好吃的麵食點心，趁熱送來我家，給我的孩們打牙祭。她特別喜愛我家老么——詠心，帶她上教堂、作禮拜、念主日學。詠心也特別黏姨婆，每次姨婆來，她就纏著姨婆，要姨婆陪她躺在床上，要姨婆說故事，這一老一少開心的笑聲，不時從詠心的小房間飄出來，讓人莞爾。

歲月如梭，孃孃、姨婆為我們家庭所帶來的歡笑與愛，始終未曾間斷。一直到畫展事件發生。

年少無心引致終生憾

羊孃孃愛畫國畫，同時結交不少藝術界的朋友。記得有一年，她的朋友開畫展，她邀請我前去參觀，入場後，羊孃孃問我是否可以打電話邀請戰哥和我的朋友們來看展，同時希望他們捧場，訂購一些畫。雖然這些畫並不貴，但當時的我，年輕、少不更事，一口回絕，表示這不是戰哥和我的做事風格，恐無法答應。我這樣的回應，讓一向愛面子的孃孃顏面盡失。

事後回想，我怎麼可以如此對待一位從小疼愛我、又如此寵愛我孩子們的老人家。雖然我不要求朋友們買畫的立場是正確的，但是我自己可以買幾張畫啊，我怎麼會如此愚蠢，如此幼稚，做出這麼傷害孃孃的舉動，太不懂人情事故了。但錯誤已造成、孃孃的心也被傷害了，她從此再也不上我家門，更拒絕與我們見面；但她捨不下我家詠心，兩人常常約在教堂見面。孃孃一直是位忠貞的國民黨黨員，但後來輾轉得知，羊孃孃參加「新黨」舉辦的各項活動，我不知道是否是因為我的緣故，如果真是這樣，我也不會怪她，因為我如此傷害一位老人家的心。我的難過、後悔、愧疚、遺憾，從未因歲月的逝去而淡忘，一直是我內心永遠無法痊癒的傷痕，多少個深夜，我從夢中驚醒，淚流滿面的哭著：孃孃！孃孃！請您原諒我。

孃孃身體一向健康，對病痛不太在意，在她退休後，赴美探望保儒表弟，停留期間，發現腸子長了一些不好的東西，但由於她太相信自己的身體，沒有立即動手術，還帶病到其它州拜訪朋友，耽擱了好一陣子才返台。及至住進醫院，才發現癌細胞已經漫延擴散了。

當孃孃臥病榮總時，我抱著無論如何、一定要見到她老人家的決心探望她，她沒有拒絕，我看著病容憔悴的孃孃，還沒有說話就淚如雨下，多年不見，嬢嬢慈愛的面容一直未變。我握著她的手，她說：「這幾年，妳還好吧？連戰好嗎？詠心常常來看我。」

我原以為嬢嬢可以撐過去，可是沒有多少時日，我再陪母親去探訪她時，她已不省人事。母親哭著說：積文啊！妳有這麼好的身體，為什麼不會愛惜自己呢？

嬢嬢走了好幾年，但我對她的懷念、感激與愧疚，始終縈迴。我的四個孩子也都長大，平時因工作、讀書的因素，分散各地，但除夕時，一定全家相聚守歲，〇七年我們的家庭多了一位新成員——賢惠的媳婦依珊，隔年還多了一位可愛的孫子——定捷。親愛的定捷，以後誰會陪你放鞭炮呢？

——二〇〇九年

我的三姊林文月

文化，小自一個人的知識水平，學識素養，大至一個國家，民族知性演繹的薪火傳承。中華民族五千年的歷史文化，如果沒有傳承，沒有發揚，這文明就熄滅了。

四月廿一日，一個週六的下午，戰哥和我偕詠心獲邀至華山文創區參加一項重要的頒獎典禮，那是我們的三表姊林文月教授和書法家董陽孜女士同獲行政院「文化獎」。三姊著作等身，她的個子嬌小，她的作品，如果一本一本疊起來，恐怕比她人還高。她的國學扎實，一路從台大中文系唸起，後又進入中文研究所。畢業後在中文系任教，一直到退休。

她對六朝文學有特別研究，更有專著探討謝靈運的詩文。那些年代戰亂頻繁，政局不安，所以六朝詩人偏重玄學，避談政治，注重個人生命的自我探索，它的多樣性成為後世不同文學發展的源頭，宋初由玄言詩轉向山水詩，元嘉詩人謝靈運是大力寫作山水詩的第一人，山水詩豐富了詩歌的表現技巧。晉宋易代之際，陶淵明開創田園詩，更將漢魏古詩帶入純熟的境地。他的自然，對後世文學發展產生巨大的影響。

三姊出生在上海日租界，就讀日本小學，因此她的啟蒙語言是日文。也許這使她的散文有日本文學的細膩綿密，也有受六朝詩文影響的清暢醇厚，描寫自然環境的壯闊無涯，字裡行間更充滿了溫暖與智慧。六朝如夢，但三姊卻在夢境外論述那近四百年的有情世界。

遲來的祝福與榮耀

她早年曾翻譯許多世界名著，包括《基督山恩仇記》等陪伴青少年學子成長的讀物。卅六歲時，得到國科會的獎助，去京都大學研究人文科學一年。那時台日的往返並沒有今天這樣便利，她對家人的思念，使她曾經回家省親一次，而豫倫姊夫也帶著兩個孩子去探望她一次。回國後，出版她陸續寫成的《京都一年》。書中，她寫出獨自一人在異鄉的寂寞淒涼，「終日悽悽惶惶，不知所措」，「異國的黑夜那樣漫長，我把自己鎖在房裡，面頰上的淚痕總是冰涼涼的，為了消磨獨處的無聊，我取出稿紙，弄筆自娛」。在這種情況下，三姊用心寫下旅居京都的一人一物、一草一木、一花一樹，平心而論，《京都一年》，是我所讀過的旅遊文字中，最詳盡、最精緻，包含的層次無遠弗屆。除了京都及附近郊區各個名勝古蹟，她也詳細記載每一處的文化背景及淵源，可以直溯到唐代。未讀此書前，我無法欣賞日本和服的美麗，更不了解為何穿這種衣服會踏出小碎步。但讀三姊的書並看她著和服的照片，才能夠從另一個角度去看待這一切。總之，這本書等於是日本文化的縮影，對於了解日本，極具價值。

後來，三姊在日本雜誌上定期發表日文隨筆，相信在京都一年的經驗，對她影響深遠。

一九七二年，三姊著手翻譯那艱深的日本古典文學名著平安時代的《源氏物語》。紫式部《源氏物語》，受到「長恨歌」很大的影響。

特別是首帖「桐壺」最為明顯。她用五年半的時間，把它譯為中文。《源氏物語》的英譯，九十多年前即已問世，記得六四年我去美國讀書，在圖書館打工，分類各種東方作品，那時就看過《源氏物語》英譯的幻燈片（The Tale of Genji），其中人物與事物的交代，特別繁雜的宮廷背景，使我眼花撩亂，幾乎看不下去。除了英文，還有德文、法文的譯本。三姊是第二位把它譯成中文的人，第一位是豐子愷，在一九六五年文化大革命爆發前定稿，可能因為後來的動亂，並未出版。三姊是第一位把《源氏物語》全部譯成中文。並於一九七八年將它在台灣出版的人。真可謂勞苦功高，名留千古。

三姊的散文集太多，講不完。其中有一本《飲膳扎記》，非常令人津津樂道，三姊用詳細而不繁贅，溫暖而流暢的文字，把她拿手的菜餚，一一道來，娓娓生動。她做菜，像用愛心在處理藝術品。這使我深覺汗顏，幾十年主婦做下來，竟燒不出幾道菜，更遑論教給別人。

她寫的《青山青史》，雖未收入得獎作品，但是「天下文化」出版的《百年仰望》——由二十位名人敘述心目中的民國人物，其中包括先祖父雅堂先生，就是根據三姊的這本《青山青史》，雖然是傳記文，但卻情感真摯，行雲流水般的文筆刻劃出栩栩如生的雅堂先生及其平生事蹟。讀之令人低迴不已。三姊真不愧是雅堂先生唯一見到的孫女。

三姊自台大退休後，獲台大聘為榮譽教授，並曾擔任美國史丹福大學、加州大學柏克萊分校、捷克查爾斯大學等的客座教授。她的作品曾被譯成英文、日文，她在台大關於六朝及謝靈運的教材更被譯成捷克文。

三姊以前得過許多國內外的藝文獎，但政府的「文化獎」卻是一〇一年才得到。在她前面，卅屆已經過去了，這是第卅一屆。真要感謝主辦單位和評審，慧眼獨具，給三姊這項榮譽和肯定，使我們這些家人，與有榮焉。三姊雖然看起來健康、年輕、美麗，但她即將八十歲。這個獎對她而言，可說是遲來的祝福。三姊是個充滿愛心又樂觀的人，與致勃勃的不遠萬里從美國飛回來領這個獎，並配合它的各項活動，忙得連吃頓飯的時間都抽不出來。她的謙和隨意，真使我們益發敬佩。

而參加「文化獎」頒獎典禮，竟使我想起許多有關文化的事。

文化，小自一個人的知識水平，學識素養，大至一個國家，民族知性演繹的薪火傳承，中華民族五千年的歷史文化，如果沒有傳承，沒有發揚，這文明就熄滅了。長久以來，就是靠像三姊和董陽孜女士這樣的人，一直在默默耕耘，才使我們的文化，有一個燦爛的明天。所以有別於其他獎目，「文化獎」是一個最需要像這次一樣有審慎的研究，和隆重頒發的項目。

四月初，曾到日本一遊，看到許多地方，如今回想起來，不禁感慨萬千。東京真是一個有規模的都市，但它的規模並非一蹴便及的。它原來也有許多古舊、殘破的部分，糾纏著數不盡的金錢、利益和文化古蹟認定的問題。要更新，也是克服了千難萬難。最早的是新宿的重建，其次是六本木的整頓，最新的是丸之內的都更。我們在丸之內漫步，那一大片遼闊的土地，全蓋成一幢幢明亮、美觀、清潔的高樓。不僅整個東京市容改觀，更做到地盡其用。日本人非常重視文化古蹟的保存，但他們也要考量土地價值的利用。譬如在一九一九年，美國著名的建築大師法蘭克．萊特（Frank Lloyd Wright）蓋的帝國飯店，約四 五層高，就是現今新帝國飯店的前廊，在第一次東京大地震時，所有建築物都倒了，只有萊特設計的帝國飯店分毫無損，確實是值得保存的古蹟。所以日本人將它原封不動的搬到現今名古屋的明治村，以茲永久保存，而移走的空地上則於一九八三年蓋起如今這個新帝國飯店卅餘層的高樓。

台北也有許多這樣的地方，如曾為菸廠、樟腦工廠等的保留區，如能經過國際文物保存鑒定的公司（如Lord）的認定，確有保留的價值，那也可以效法日本甚或埃及的阿布辛貝神殿，把它們移到別處，使得台北這些寸土寸金的黃金地段，不僅可以作更有價值的開發及用途，並使大台北展現嶄新的都會風貌。

儀容展現文化

好久以來，我覺得社會的價值觀，每下愈況，儀容禮節，往往愈不受重視。每次到國家兩廳院，或參加一些典禮，大多數人都穿得隨意，牛仔褲配球鞋，比比皆是。但在國外，並不是這樣。就拿最近的香港來說吧！戰哥曾在香港得過二次榮譽學位，分別是在香港中文大學和香港城市大學，典禮非常隆重，且舉辦許多相關的活動，每個活動請柬上都注明「服裝：正式」。二〇〇年十一月香港城市大學頒了四個榮譽學位，除了戰哥、另一位是美國普林斯頓大學數學系教授約翰．納許（John Nash），他曾獲諾貝爾經濟學獎，好萊塢拍攝的電影「美麗境界」（Beautiful Mind）就是敘述他平生的故事。這部影片曾得「最佳影片」金像獎。納許教授及夫人都八十多歲了，依然彬彬有禮，困擾他大半生的精神病已被控制。老先生著深咖啡色西裝，納許太太穿一身灰色套裝，配上小小的白珠耳環及別針，毫不張揚，卻顯得樸素，優雅而得體。頒榮譽獎和社會科學院的畢業典禮同時舉行。那些年輕的孩子們，男生在學士服下穿西裝，女生穿短短的洋裝，活潑大方而正式，讓人感受到這個典禮對他們的重要和意義。

在台灣，以前學校的老師會教學生儀容的基本禮節，但「尊師重道」，好像已是過去的事。也許正如曾國藩所說：「風俗之厚薄奚自乎？自乎一、二人之心之所嚮而已。」「道」已不再，這一、二人，可說是社會上一般的公眾人物吧！台灣夏天熱，西裝不舒服，但以前都穿「青年裝」，經國先生不是經常穿它嗎？不但整潔清爽，更表示對自己職務的尊重。我也不忘永遠的申學庸老師、郭婉容前部長、劉憶如前部長、葉金鳳前部長、林澄枝前主委、李紀珠教授等等，在國家大典上一身裙裝的倩影。休閒服飾留到平時或家居或週末吧！希望有一天，台灣能躋身於「富而好禮」的社會！

——二〇一二年五月十五日

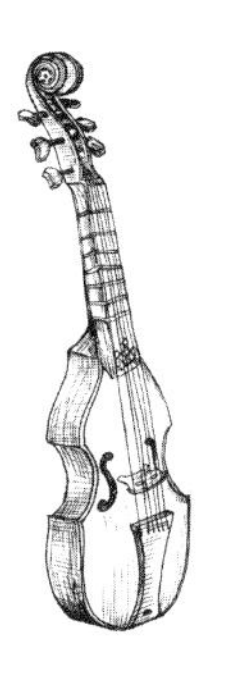

另一份父女情

公公是位非常誠實的人，他說的每一句，都是實實在在的話。我最初覺得他太刻板，但久而久之，反而這養成了家人孩子誠實無欺的習慣。

滿清末年，一場地震後，我的公公連震東先生來到人間，公公是長男，又逢地震，祖父雅堂先生因此以錫為嘉名。一九八六年，在兩星期陸續大地震後，一個寒風凜冽的傍晚，十二月一日，公公安詳的離開塵世，除了帶走家人無盡的哀思和懷念，也帶走了八十四載悠長的悲歡歲月。

公公一生奉獻黨國，自有定評。他對我一生，也有莫大的影響。我認識他老人家，遠比認識他的孩子——我的先生還早。那時我只是個中學生，因為家裡彼此相識，常有往來。我稱呼他為連伯伯。連伯伯看起來嚴肅，講話不多，但他非常細心而體貼。有時連伯伯、伯母留我吃飯，因為伯母是北方人，家裡經常吃麵食，像乾乾的餃子，硬硬的拉麵，大而結實的饅頭，窩窩頭，總有生大蒜。我是南方人，家裡只吃餛飩和細細的湯麵。每當連伯母好心把她的美食加惠於我時，我都吃的很少。沒有幾次，連伯伯就發現了，他很小心的問我：

「怎麼吃那麼少？吃不慣嗎？」

我笑而不言，連伯伯又轉向連伯母說：

「以後方瑀來吃飯，可別再要她吃餃子饅頭大蒜！」

平實中見真情

連伯伯平日話少，但當他自斟自酌時，話匣子就開了，這使我印象非常深刻。我還是學生，父母都在教育界服務，生活單純，連伯伯的談話使我接觸到世界上許多他的見聞。

連伯伯常講：

「我很遺憾沒有女兒，你常來玩，我們就當你是自己的女孩。」

許多年後，我才因偶然的機緣邂逅了如今是我四個孩子的父親，而他竟是連伯伯唯一的孩子。連伯伯作了我的公公後，不知對我說了多少遍：

「我從未當你是媳婦，我一直把你看成女兒。」

我相信他話裡的真誠。這麼多年的相處，也使我更了解我的公公，並領受了另一份父女深情。十一年前，我和我的先生住在中美洲，我們的第三個孩子勝武，出生在那裡。不知是水土不服或妊娠的關係，我的後背轉成深褐色，我自己並沒有發現。我們回國時，正值盛暑，公公發現了，馬上問我：

「你背上是怎麼了？變成一片黑色？」

照了鏡子，我這才大驚。公公和先生都要我趕快延醫診治，我遍訪名醫，醫生們一致認為，那是「色素沉澱」。除非磨掉皮膚，別無他法。我怕痛，公公反而安慰我，幸好不在臉上。

好多年過去，我們的第四個孩子又將來臨。又是盛暑，我穿的涼快，反正不出門，不怕人笑我滿背漆黑。一天，公公很注意的看我，把我拉近身旁仔細端詳，半晌，他不能置信的說：

「哎，你背上好多了，黑色差不多褪多光了呢！是不是索了什麼新藥？」

我根本沒有用藥。這一大片烏黑來的無緣無故，去的無影無踪。除了覺得難看，連我自己都沒有把它當回事，只有公公，幾年來始終耿耿於懷，怕我得了怪病。

多年前，父親過世。父親走的突然，清晨當我接到母親的電話，飛馳奔去，父親已不省人事。先生找來救護車，把父親送到最近的宏恩醫院，醫生診斷，說父親早已過世。我坐在父親床邊，望著他笑意盎然的遺容，不能接受這項事實，呆楞楞的一片茫然。不知先生什麼時候報的訊，只見公公顫抖著腳步，號哭進來，一面哭，一面喃喃唸著：

「親家公，親家公啊……」

他是親友中第一個趕到的。那時他遠住在士林，婆婆病在榮總，他流著淚瞻仰父親遺容，然後雙手環抱住我。說：

「好好辦理親家公的後事，不要再讓親家母操心，她身體也不好。如果錢不夠，儘管向我說，你不要太難過，你還有我這個爸爸。」

是的，我還有個愛我的爸爸。但是，公公，現在您走了，我再也沒有爸爸了。

爺爺的掌上明珠

公公真是非常心疼女孩子，重男輕女的觀念，在我家不存在。我們的長女惠心生在國外，早在她未出世前，公公便來信說：

「若是女孩，取名惠。我僅一子，是上帝的恩惠使我有個孫女。」

他真愛惠心。在惠心出國唸大學前一年，老爺爺就不斷催促我帶她穿上旗袍去拍幾張照片，相片拿回來，他看來看去，直到深夜還在沙發椅裡端詳，不時開心的說：

「我們惠心真漂亮，爺爺太高興有這麼個可愛的大孫女。」

公公起居室的長櫃上，一半是孫女兒顧盼生姿、巧笑倩兮的照片。每次惠心來信，公公也是再三閱讀，一封信總要放在身上好幾天，才捨得歸檔。

入冬以來，公公常感體力衰弱，更是關切惠心寒假的歸期，在他大去前二天，還用他喑啞的聲音一再詢問：「惠心是十八號到家吧！」

惠心考完期考，星夜馳歸，她哭天號地，悲不自勝，但卻換不回爺爺最後的一瞥，她是抱憾終身啊！

五歲的幼女詠心，也很為公公珍愛。詠心對音樂頗有天分，公公近年雙耳重聽，他實在聽不分明詠心的歌聲琴音，但為了鼓勵孫女，讓孩子高興，他常喚詠心：

「乖孫，彈支歌曲給爺爺聽！」

然後，他坐在旁邊，帶著滿足的笑容，專心注視詠心的一雙小白手，靈活在琴鍵上翻轉飛舞。如今小孫女的琴韻依舊，但是爺爺卻不能在一旁含笑注視了。

每餐飯桌上，公公總是坐得最久，吃得最少。大男孩勝文功課忙，有時回家較晚，公公便等著他，遲遲不肯舉箸。幼子勝武體型清瘦，公公每餐更注視他的碗筷，怕他少吃。這幾天檢視公公的書桌，在他抽屜裡找到一紙字條，上面寫著：

「若我蒙主寵召，我所有的東西，平均分給四個孫兒女。」

看看紙色泛黃，墨瀋早乾，想必老人家已寫下多年。寂寞身後事，都到眼前來，縱然百年光陰，彈指即逝：老成凋謝，純屬自然，但這萬般的淒涼無奈，却教我們如何承擔？

公公一生，淡泊名利，就連生死大關，也早看勘破。他常安然的說：「像我這麼瘦瘦巴巴的身體，能活到八十多歲，還有什麼不滿足的？」他臨去前幾天，因天氣濕冷痰多，住在醫院，他和我們說過幾次，「我要走了。」我們都勸他寬心，因為他在醫院的檢查一切正常，稍有肺氣腫而已。他說：「你們不懂的。」公公臨去的那天早上，我約了臺大醫院的主治大夫去看他，他因抽痰次數多，喉頭受傷，聲音喑啞，說話費力。我看著他做心電圖、驗血、上氧氣罩，一切妥當，快中午了，我還有些事要做，就對他說：

「爸爸，我還有事，得回去了。」

他點點頭，握住我的手，好似非常留戀。他用非常依依不捨的目光凝望著我，我拍拍他，告訴他「下午再來看您！」就匆匆離開了。等下午我趕到病房，公公已在彌留狀態。先生在一旁捏緊老父的手；重複的，喃喃的說，

「爸爸的手是溫熱的。他吃完飯突然躺下去，但是我一直握住他的手，一直握住的！」

爸爸啊！您用那樣眷戀的眼光看著我，我何其愚蠢；怎麼了悟不到，您在這世上什麼都不在意，只是捨不得您的親人。我若知道那是您的最後一天，甚麼大事我都會擱下的，何況，什麼事算得大事？爸爸，您不會怪我，但我怎能原諒自己？

樸實無華　情義傳家

我們在家中簡單的為公公設了靈堂，把東西都搬到書房，觸目所及，又看見那排線裝書——《昭明文選》、《文心雕龍》、《史記》等

等，都是公公要我常讀的。公公從不勉強兒孫的志向，見我愛寫作，而我大學讀的不是中文系，便鼓勵我多讀古書，以提高文字的境界和格調。他喜歡樸實無華，平淡中見真情的文章。他常對我說：

「多讀，多看，再寫。」

公公，我會照您的話去學習，我會的。

公公是位非常誠實的人，他說的每一句，都是實實在在的話。我最初覺得他太刻板，但久而久之，反而沒有精神負擔，他的話裡全無弦外之音。而且這養成了家人孩子誠實無欺的習慣。他待人的情感綿長悠久，對婆婆的愛更是堅如金石，結褵五十二年間，從未有過意見相左。他們兩人的籍貫自是天南地北，儀表也是一個十分清癯，一個非常富泰，但兩人總是靈犀互通，情感交融。尤其在婆婆大病一次以後，公公更是陪伴廝守，除了必要的會議，絕少外出。他們兩人都有堅忍獨立的精神，生活簡樸。打開公公的衣櫃，寥寥幾套西服，都有十年以上的歷史，先生和我偶從國外替他買回的衣著，他都整潔的掛著，捨不得穿用。他最大的興趣是點支菸，喝幾盅酒，然後和老妻兒孫談古論今。他住院療養肺氣腫，醫生嚴禁菸酒，使他頓如失去老友，十分寂寞無助。臺大醫院前院長魏炳炎教授曾經意味深長的說：

「抽了一輩子的菸，喝了一輩子的酒，到八十多歲全停止，太辛苦了。我都勸病人少喝一點，少抽一點，就行了。」

我真後悔過了那麼久，才領悟出魏教授話中的道理。地震後，天氣濕冷，我看公公百無聊賴的閉目養神，忽然覺得，不管主治大夫怎麼講，我該讓他喝兩盅溫暖的酒。我湊在他耳邊問他：

「爸爸，明天我給你帶瓶酒來好嗎？天這麼冷，不要緊！」

公公聽了，臉上立刻露出孩童般純真的愉悅笑容，襯著他一頭鬆散的白髮，使我看了無限辛酸。人老了，就像無助的幼兒，需要人了解和照顧。我抱著他的面頰深深親吻了一下，飛奔回家，給他帶去一瓶威士忌。

我若早些這樣做該多好！他只喝了最後的一杯，隔天便遠離塵寰而去，只剩那瓶剛開的威士忌，孤獨的殘留在那裡。

公公您最怕冷，我們替您準備了厚衣褥，和您四季不離的紅格毛氈，別日何易會何難，山川悠遠路漫漫，請為我們珍重。

公公，和您父女二十一載，親情無限，讓我再喊您一聲爸爸！爸爸，您放心，我會好好照顧媽媽，讓她能從折翼之痛中早日平復。那美好的仗，您已打過，當跑的路，您已跑盡，所信的道，您已守住，希望您好好在天國的領域中安息。

——一九八六年十二月廿六日

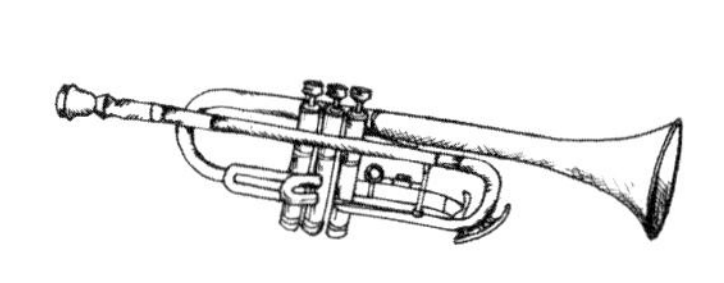

婆媳緣母女情

會算命的朋友說，勝文「考試過關，孝順朋友」。但自他認識依珊後，有明顯的改變，變得更體貼、更溫柔、更有耐性了。

我很喜歡旅行，但是卻很怕搭飛機，特別是長途飛行，因為在飛機上很難入睡，尤其在眾人皆睡我獨醒的時刻，更是格外覺得孤寂，往往，我會以逐一思念我最親愛的人，來排遣這段時光。戰哥，正在我身旁呼呼大睡，不用想他；於是，開始想念起孩子們，尤其是〇八年才加入我們家庭、現又懷有身孕、讓戰哥和我即將成為爺爺奶奶的依珊，以及她的另一半——我們的大兒子勝文。

依珊，真是個好女孩，雖然年紀輕輕，但懂事、能幹、明理、溫柔，就如同么妹所說，「大哥真是好福氣，在心情最低落的時候，從天上掉下來一位全世界最好的大嫂。」

勝文認識依珊後，有明顯的改變，變得更體貼、更溫柔、更有耐性了。他從小調皮，永遠帶著一群小朋友成群結黨，常常回家不到五分鐘，門外一聲「連勝文」，人影立刻不見了。記得念初中的時候，大家都在家裡念書，他則不時與「朋友」、「朋友」的通電話，等到想要念書的時候，已是午夜時分，書才打開，立刻進入夢鄉。我們實在很著急，剛好有一位朋友會算命，我偷偷的拿勝文的八字請他看一下，他寫下八個字「考試過關，孝順朋友」。戰哥與我非常憂心，聽說「再興中學」治學嚴格，就讓勝文去報考，結果低空上榜，我們至今仍很感謝再興中學三年的嚴格教導，使勝文一步步的向正路走下去。

家裡多了一個女兒

勝文對依珊可說是一見鐘情，第一眼看到依珊，立刻雙目發光，鎖定目標追求這位女孩。姻緣天定，依珊對勝文的印象也不錯，我們評論勝文的時候，依珊總會幫勝文說好話，例如，戰哥和我因為健康的緣故，建議勝文減肥、少吃、多運動，依珊聽到就會說，「勝文最近都吃得很少，不是他胖了，是那件衣服穿起來顯胖。」

說實在話，我們全家都非常非常喜歡依珊，像是家裡多了一個女兒，而且是一位好純真、好乖巧、又善解人意的女兒，勝文因長她九歲，有時會戲稱她為「小孩子」；偶爾因出差不在家，特別將依珊送回家，好像是托兒所一樣，我們全家都分外高興。最初，剛升格做婆婆時，感覺有些拘束與緊張，我相信依珊一定也有相同的感受，但很短的時間內，我們婆媳的關係已經完全變成母女的情感。每當出外旅行或購物時，看到適合她的衣服，立刻情不自禁的替她買下。由於勝文的工作，經常往來港、台、大陸，如果依珊隨行，每日報平安的電話一定是依珊打來，這位長嫂替小姑、小叔立下了極好的榜樣，我也希望我的子女們能親身體會「蓼蓼者莪、匪莪伊蒿。哀哀父母、生我劬勞！蓼蓼者莪、匪莪伊蔚。哀哀父母、生我勞瘁！」的意義。

婚前勝文許多生活方式與習慣，也因為結婚而有了許多的不同，勝文人高馬大、粗枝大葉，工作忙碌、朋友又多，平時除了早餐，幾乎都不在家吃飯，但現在可不同了，由於依珊的一手好廚藝，勝文幾乎都在家吃飯，連勝文的許多好朋友也都受惠品嚐到依珊的美食料理。周遭的我們發現勝文看依珊的時候，永遠是充滿了柔情蜜意、款款深情、滿面笑容、輕聲細語，看著這對甜蜜的小夫妻，我們除了感謝上蒼，更不禁想起《詩經》裡「參差荇菜，左右采之；窈窕淑女，琴瑟友之」。

母親在世時，常說一句話：「不是一家人，不進一家門。」依珊許多地方像我，例如，不喜歡曬太陽、怕紫外線傷害皮膚；勝文和我一樣，喜歡吃蛋，依珊也愛吃蛋；我們也全都不喜歡、不會打麻將。依珊懷孕後，勝文對她更是呵護備至。現在科技真是進步，超音波很早就將胎兒的面貌大略照出來，孩子的額頭飽滿，好像依珊；鼻梁挺直微翹，也像依珊；孩子的個頭也不小，大概因為爸爸媽媽身材基因的影響吧。我們舉家希望這個孩子，也能有像依珊一樣又圓又大的眼睛、勝文一樣筆直修長的腿。但，天下有這麼如意的事嗎？

這些謎底，再過三個月就要揭曉了，時間過得好快，農曆年假期，我們大家不能如往年的舉家出國度假，因為萬一孩子提前報到，小倆口手忙腳亂如何是好？戰哥和我成了爺爺奶奶，也是別有一番心情。

「穆穆清風至，吹我羅衣裙；青袍似春草，長條隨風舒」。春天來了，孩子來到這個世間，生活中的一切，也將隨著這個小生命的來臨旋轉，我坐起了身子，再看看周遭沉睡在夢鄉的旅客，腦海中不禁再度浮起白皙皮膚、輕聲喚我「媽」時，露出甜美笑容與酒窩的依珊，我們的另一個女兒，蔡依珊，謝謝你，讓我們的家庭更圓滿。

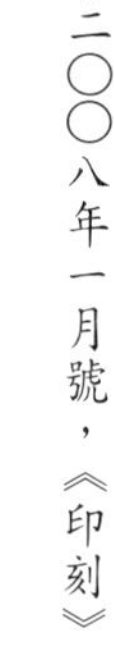
——二〇〇八年一月號，《印刻》

緬懷與追思

隔著太平洋，母親一人撐起一個家。燈光下，母親一面批改學生作業，一面督促兩個女兒唸書，哄幼子入眠。

二〇〇五年元月十四日晚間九時四十二分，母親在兒、女、婿、外孫的環侍下，安詳吐出最後一口氣，離開塵寰，享壽九十歲。作為兒女，萬分不捨，但是，母親與病魔纏鬥二年餘，似乎安息是一種解脫，希望她在天國裡再得回健康與快樂。

母親是一個完美主者者，她在少女時代就畫的一手好畫，她都是畫工筆畫，井然有序，栩栩如生。但也在少女時代，她的左腿患了丹毒，痛苦很久，終其一生，都不舒服，也許就因此埋下她晚年腿疾，竟至截肢，致命的原因。母親中學在南京中華女中，大學則唸南京金陵大學。母親兼有外公的精明能幹和外婆的仁厚美貌。她眉目如畫，白皙細緻的肌膚，直到八十高齡都不見皺紋。如此種種，使父親聲恒先生對她一見鐘情，鍥而不捨三年之久，才獲得外公、外婆首肯而結連理。

母親在女兒們小的時候，就發揮她的藝術天份，用她一雙巧手，替女兒縫製了各式各樣的漂亮衣服和髮飾。父親在教育界服務，但母親會用她的經營理念和管理長才，使一家人不但生活舒適，更能撙節有餘。兩個女兒稍大後，母親重拾所學，到住家附近的強恕中學執起教鞭，教導高中英文長達二十餘年。這期間，小弟誕生，不久，父親赴美執教，於是隔著太平洋，母親一人撐起一個家，侍候祖母，調教三個子女。記憶猶新的是，燈光下，母親一面批改學生作業，一面督促兩個女兒唸書，哄幼子入眠。

精於持家的新女性

當兩個女兒都出閣後，母親便帶著么兒去父親執教的美國威斯康辛大學，母親是個新女性，她很快學會開車，每天接送父親上、下課，兒子上、下學，她非常適應這個新世界。

不幸的是，這樣的生活只維持了兩年。母親五十四歲時父親因中風而倒下。還好，經過及時醫療和嚴格的復健，父親終於自己站起來走出醫院。

為了父親的健康，母親不願他再擔任太繁重的工作，於是父母親帶著么兒回到台灣，父親重返台大執教並編撰高中物理教科書。母親則再度發揮她的藝術愛好，她本來就精於烹調，這時她在空閒的時間向名師學習烹飪。吃過母親親手做的菜的人，無不讚美那真是色、香、味俱全。

好景不常，母親在六十五歲那年，一天夜裡，父親中風再發，這次後再也沒有醒來，就此撒手人寰。

母親是一個很會安排生活的人，在父親仙逝後二十餘年裡，都是一個自己住。不過，她和她台灣唯一的長女住處很近，可以每日見面。她有時看書報，時而看電視，時而縫製衣物，也常與老友見面，打打小麻將。她每天都打扮的素雅端麗。即使不出門，也會在起床後梳妝整齊，耳環、項鍊、戒指一樣不缺，這種習慣終生不變。近幾年，因為她眼力稍差，有時眼鏡沒有戴好，畫妝時會一邊淡一邊深，左邊高右邊低。我們曾想勸她不要畫了，但是，想想病魔折磨她已夠慘，她僅有的習慣又何必要她改呢？只願她快樂就好！

真的，媽媽，只願妳快樂就好，不管妳在何方，即便在天國也一樣，好嗎？

媽媽妳走後，我們已在最短的時間裡，把這件傷心的事告知了大舅——妳的胞弟積成先生，大舅也立刻轉述給猶在大陸的二舅積功先生和二姨積耀女士。我們將於二月廿六日（星期三）上午九時在第一殯儀館景行廳舉行公祭，讓親友們能表達對媽媽無限的哀思和無盡的追念。媽媽，好好安息吧！媽媽。

——二〇〇五年一月

我可以目不轉睛的看著你，腦子裡什麼都不想，只是輕輕撫摸你圓鼓鼓的雙頰，拍拍你胖嘟嘟的小腿。因為你，讓我們一家人的心更凝聚了。

定捷、小捷：奶奶這樣呼喚著你，內心充滿了溫柔的愛。這是奶奶第一次寫信給你，雖然，奶奶曾經寫過很多信給你的爸爸、姑姑、叔叔，但和寫信給你有不同的心境。因為當時很年輕、感情熾熱；現在，對你的愛卻是綿密濃長而沉靜的，我可以坐在你的小床前，目不轉睛的看著你，腦子裡什麼都不想，只是輕輕撫摸你圓鼓鼓的雙頰，只是拍拍你胖嘟嘟的小腿，似乎你我之間有一條看不見的絲繩連繫著。是怎樣的緣分啊！讓我們竟然可以成為一家人；我們何其有幸，能夠擁有一個像你這樣可愛的孫兒，因為你，讓我們一家人的心更凝聚了。

以嬰兒來說，你的個子相當不小；而且特別的乖，從不大哭大鬧，肚子餓了、尿布濕了、睏了，也許會小哭幾聲，一旦解決，便立刻安靜下來，旋即展露可愛的笑容；雖然你才三個多月大，但好像已會分辨白天晚上，夜間極少醒，可以一覺到天明，讓照顧你的大人們讚不絕口。白天不睡覺的時候，你很喜愛和大人玩，嘴巴總是嘰嘰咕咕，臉上常有各種不同的表情；尤其是當你想要大人抱時，憋著嘴、滿臉委屈的神情，常逗弄得全家大笑。這些舉止使你看起來較三個月大的嬰兒早熟、懂事，奶奶也常陷入錯覺，老想早早訓練你成為一個循規蹈矩的小孩，沒人抱時不會哭哭啼啼，可以安安靜靜的聽「莫札特」，讓大家都喜歡你的乖巧和懂事，即使爺爺、奶奶、爸爸、媽媽不在旁邊，照顧你的保姆也會善待你。因此奶奶要求大家盡量不抱你，以免養成習慣，而且你挺重的，以後愈來愈重時怎麼辦？所以常常忍著心，看著你可憐的躺在床上，臉上掛著淚痕睡著，奶奶都忘了，其實你長大之後，會爬、會坐、會站，不會一直要別人抱的。

之前因為看你躺著時，用力踢著兩隻小胖腿，揮舞著兩個小拳頭，從小床的中間一直滑到邊緣，覺得似乎可以開始鍛鍊你的體力，於是讓你趴著坐「伏地挺身」，這時你會用兩隻手的力量，把頭撐得好高，然後一下子就翻過身來，但奶奶又會讓你再趴好，重複這樣的動作，讓你累得抬不起頭來。奶奶心想，如此不僅可以訓練你的體力，也可以讓你累點、睡得沉一點、睡得久一點。那天，我倆又再度進行體能訓練時，看著你累得把頭趴在兩個小胖手中間，鼻子在毯子上左右擦來擦去，像隻無助的小狗狗時，我忽然心酸起來，其實你才出生剛滿一百天，實在還是應該將你抱在懷裡，唱歌給你聽，奶奶不應該因為你看起來的早熟與懂事而覺得你已經夠大，不應該享受嬰兒的特權，奶奶錯了，讓我們重新開始，好不好？

小捷、寶貝，在你成長的過程裡，你將會遇到好多好多的人，奶奶只是其中之一，但奶奶保證，以後你和奶奶在一起的日子裡，只會留下溫馨、快樂、美好的回憶。

——二〇〇八年，八月號《印刻》

一夜髮白

定捷生了一場來勢洶洶的病，我以前不相信，但這是事實，我的頭髮一夜之間都白了。

小定捷是個乖孩子，性格開朗，從不隨意哭鬧，任何人一逗他，他就喀喀的笑，眼睛笑的彎彎的，露出兩顆小白牙，手舞足蹈的，可愛極了。但上週一，他卻反常的與往日不同，誰抱他都不高興，一直哭鬧，大家都束手無策，不知道該怎麼辦才好，卻忘了母親在世時常說的一句話「小兒無假病」，沒想到應該帶去給醫生看看，只給他量了溫度，三十七度多，微燒，打電話問醫生，醫生說吃退燒藥就可以了。他服下退燒藥後，溫度雖然降了，可是依然哭鬧，大家無計可施。到了深夜，他臉色發青，嘴唇泛紫，手腳冰涼全身顫抖，再量體溫，竟然在吃過退燒藥後，溫度高達三十九度八，大家嚇呆了，勝文與依珊立刻抱起定捷到醫院看急診，三個人去醫院時是半夜四點鐘，回來時已是清晨六點，爺爺奶奶在家裡焦急的等待，時間從沒有感覺如此慢過，來到鏡子面前，突然發現我的頭髮白了。

痛全讓奶奶來承擔

兒子媳婦與孫子回家後，告知醫師診斷，定捷患了泌尿道炎，發炎指數和白血球數量都非常高，必須住院治療，於是大家趕緊準備住院的東西，手忙腳亂之後，一一搬上車，坐在車裡，小定捷依偎在我懷裡，全身滾燙，他真是個好奇的乖孩子，雖然發燒的溫度這麼高，但還是張著兩隻烏溜溜、圓滾滾的大眼睛，看著車外過往的車輛、街道與行人；我內心充滿了憐惜與不捨，努力不讓眼淚滴下來。

住院之後，也沒有特別的治療，就是不斷的打點滴葡萄醣和抗生素，但是替小嬰兒插針打點滴的過程卻是慘不忍睹，小定捷被抱到護理站，放在初生嬰兒用的小推車上，對六個月的他來說，小推車幾乎無法放下，一翻身就會掉下來，於是幾位穿白袍的醫師及護士，將動個不停的定捷緊緊按住，關了燈，拿起手電筒，搜尋定捷小手背上的血管，一針下去，不對，抽出針，再插一針，定捷哭得聲嘶力竭，讓人肝腸寸斷，我立在一旁，心裡反覆的念著「定捷乖，定捷不哭，讓奶奶替你插針，所有的疼痛，讓奶奶承擔。」

後來在住院五天之中，由於換衣服或小孩子的動作，針頭跑掉，必須重插的情況又發生了三次，白胖小手上，插針造成烏青的痕跡，至今仍未消除，由於這些痛苦的記憶，使得定捷一看到穿白袍制服的人靠近，立刻放聲大哭。

孩子生病，媽媽最辛苦。白天大家可以輪流照顧定捷，但晚上照顧孩子的工作則完全落在父母的身上，勝文因白天有工作，因此依珊每天晚上擔負起照顧定捷的責任，擔心、有時偷偷的在掉眼淚，缺乏睡眠，再加上沒有食慾，幾天下來，整個人瘦了一圈，眼框都黑了，看著這個美麗賢慧的媳婦，戰哥和我，內心裡有說不出的感激。

平時覺得定捷長的好大、好成熟，但睡在醫院的大床上，卻覺得他好小好無助。定捷，小寶貝，我們終於明白你當時的不舒服與哭鬧，是因為尿道炎的緣故，我們很抱歉沒有發現你的不舒服，我們希望你趕快會講話，不舒服可以告訴我們。我們每天都會禱告，希望所有的疼痛、不適都遠離，讓小定捷和其他所有的小朋友們，都能平平安安、快快樂樂的長大。

定捷住院期間，我內心備受煎熬，擔心著急，每個朋友看到我都說「你頭髮是不是該染了」，但我根本無心梳妝。終於定捷出院了，我看著滿頭增生的白髮，啞然失笑，真應該去趟美容院了。

——二〇〇八年九月十二日

銀色聖誕

家裡的四個孩子都曾經在這棵聖誕樹前合影留念過，似乎，它已成為我們美好的一部分了。過去那段年輕、無憂無慮的美好歲月啊！

又是聖誕節了，到處都瀰漫著火樹銀花的歡樂氣氛，我將在儲藏室中的聖誕樹拿出來，一枝一葉的整理好、插好時，望著聖誕樹上閃爍的小燈，不禁想起一段四十年前的往事。

四十年前，大女兒惠心剛出生，戰哥和我住在美國東部的康乃狄克州的康乃狄克大學，他在政治系教書，我在植物系念研究所，專修植物生理，惠心就出生在那個美的如詩如畫的校園裡。我既要念書、又要帶孩子、又要維持一個家，很忙、也很辛苦；常常我會將惠心放在推車裡，我一面讀書寫報告，一面用腳將推車推來推去；有時將她放在圍好欄杆的遊戲區，讓她在旁邊看著我炒菜；購買日常用品及食物則是週末全家一起出動採買，戰哥開車，將惠心放在嬰兒椅上、安全帶繫好，一家人浩浩蕩蕩的向購物中心出動；偶爾吃館子時，也是將小惠心放在隔壁的椅子上、不時的拍拍她、逗逗她或哄她入眠。年輕真好，充滿了精力，從不覺得累，每天忙得喜孜孜的、充滿了喜悅和期望。

那年聖誕節即將來臨，惠心約三個多月大。聖誕節在外國是年度大事，非常重視，教授間經常是互相請客、學生們也計畫利用聖誕假期回家或者拜訪親友、百貨公司都佈置的美侖美奐、並打著誘人的折扣，處處傳達著「過節了，趕快買禮物，過一個快樂的節日吧」的訊息！

十二月二十三日，戰哥系裡一位教授請我們吃飯，惠心身體有些不舒服，瀉肚子又微燒，我給她吃了一些以前醫生開的止瀉藥kaopectate。照理我應該在家裡好好照顧她的，但讓一位二十四歲的年輕媽媽，放棄和朋友高談闊論、大啖美食，孤單的留在家裡，面對一個只會哭的娃娃，我當然選擇了前者。當晚，我找了一位好朋友——來自印尼的僑生朱寶玉，來家裡當褓姆，也仔細的說明幾點鐘要給惠心吃藥及換尿布的事宜，便開開心心的與戰哥揚長而去。

外國人請客，談天是最重要的事，吃倒是次要的，而且開飯時間很晚，所以當我們吃完飯、盡興而歸時，已是午夜時分。一回到家，朱寶玉告訴我們「惠心一直都在拉肚子」，我跑到嬰兒床一看，惠心好像小了一圈，白皙的小臉泛著青黃色，我大吃一驚，眼淚撲簌的掉下來，趕快找醫生，但聖誕節假期、又是深夜，到哪裡去找醫生？那夜，惠心睡睡醒醒，我只敢餵她喝點水，但她喝點水，沒有一會兒又瀉了，戰哥和我徹夜未眠，好不容易熬到天亮、熬到上班時間。好不容易找到醫生——菲律賓籍的未婚女醫師 Dr. Nipomicino，立即抱起可憐的惠心，戰哥載著我們母女，快馬加鞭的直奔診所。

到了診所，發現看病的小朋友還真不少，可能因為要放長假了，所以許多父母將身體不適的小朋友都帶來看醫生了，Dr. Nipomicino 是位很細心的醫生，一位一位小孩看下來，輪到惠心時，已是中午了，醫生替她打了針、開了藥，小傢伙很快安靜下來，在我的懷中睡著了，我也從極度的緊張中鬆弛下來，才感覺到自己竟是無比的疲憊。

但是還不能回家，因為家中存糧不足，必須要去超市採購，於是一家三口又向超市緩緩駛去。進入超市，一株銀色的聖誕樹躍入眼簾，這棵聖誕樹，雖比不上真樹的壯觀，但卻嬌美可愛，簌簌的銀色枝葉，在燈光的照耀下，綻放著柔和的光芒，雖然聖誕節已經快過了，但我仍然決定要買下它，因為我希望它能陪伴惠心過第一個聖誕節。戰哥也很喜歡這棵樹，於是它就被裝在盒子裡，與其它一些雜物，一起被帶回家裡。

回到家，戰哥與我坐在椅子上稍事休息，想不到沒有多久，我們已不知不覺的進入夢鄉。直到聽到惠心聲嘶力竭的哭聲方驚醒，坐姿都未變的不知睡了多久，窗外繁星點點、白雪皚皚，我們過了一個這樣的聖誕佳節。

這棵聖誕樹跟著我們好多年，更跟著我們飄洋過海，從美國回到台灣，每年的聖誕節，我們都不會忘記將紙盒打開，從一個個的紙袋中取出銀色的枝枝葉葉，然後插成一株充滿歡樂氣氛的聖誕樹，家裡的四個孩子都曾經在這棵聖誕樹前合影留念過，似乎，它已成為我們美好的一部分了。過去那段年輕、無憂無慮的美好歲月啊！真是此「樹」只待成追憶，只是今日已惘然。

已經幾十年過去了，這株聖誕樹也已離開我們家庭了，但每逢聖誕節來臨前，我仍會在客廳佈置一棵聖誕樹，旁邊再放上幾株聖誕紅，希望讓四個已經展翅高飛的孩子回家時，回憶起過去穿梭在聖誕樹下的歲月，更有一份回家的感覺。這個家，一開始只有戰哥和我兩個人，雖然四個孩子陸續報到，又多了半子的女婿、另一個親如女兒的媳婦，但除了特別長假，只有住在台北的惠心偶爾回到家中吃晚飯，其它的日子裡，每天晚上，安靜的客廳裡，只有戰哥和我兩人坐在電視機前。我看看客廳裡那棵閃耀發光的聖誕樹、以及旁邊嫣紅綻放的聖誕紅，心中卻湧起無盡的寂寞。

（二〇〇七年八月十六日）

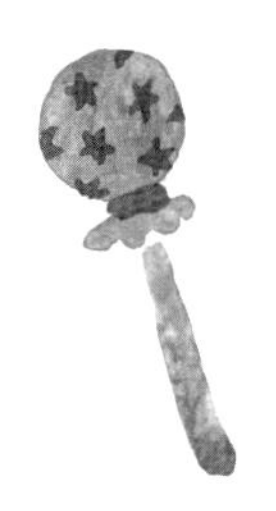

日子一大把一把的流走，又到了聖誕節，等我重讀這篇文章，預備把它收入我的新集子時，我們的家卻進入一個從未有的階段。那些幾度隔山川的孩子們，不但又回到家，帶著伴侶，更帶著我們可愛的第三代——孫兒孫女。我要早早準備好可以碰到屋頂的聖誕樹，點綴著可以放音樂的卡片、旋轉的聖誕老人，以備那幾個常常要求「去奶奶家」的小頑童可以在聖誕樹前轉來轉去，摸摸這樣、動動那樣，多半到聖誕夜時，這棵可憐的松樹已被整的不成「樹」形。我還要動腦筋仔細的想，要準備給兒子媳婦、女兒女婿，還有孫孫們什麼不一樣的禮物。

我找到一個紅色鑲著白絨的帽子，在聖誕夜給戰哥戴上；扮成聖誕老公公，來圓「要做乖寶寶」的幾個小傢伙的夢。今年很特別，禮物一下要加三份，因為惠心經過長久的努力後，得來了三個娃娃，惠心的禮物要添一些補品，為了這三個娃娃，單單在暑假裡，她和弘元就來回太平洋彼岸六次，瘦了一大圈。明年這時候，聖誕節樹下跑著的，將是七個又蹦又跳的娃娃，那喧囂叫喊的聲音，我現在就可以想到。朋友建議，那時戰哥和我，一定要找一個只有我們兩人的地方去「避難」。這裡，就讓七個小傢伙自行「了斷」吧！

至於之前的寂寞，我們早已忘記「寂寞」是怎麼回事了。人生，這樣不也很好嗎？

——二〇一二年十二月

寄語白雲

頑石

戰哥在手術室裡面，我在外面，雖然有影像畫面看碎石的情形，但我第一次覺得和戰哥隔的好遠。

這是二〇一二年最後的一個月了。從八月下旬以來，戰哥五度進出醫院，終於解除他尿血的問題。

八月下旬，戰哥忽然發現尿中有血，一次又一次，整整十天不曾停過。那時剛剛做過詳細的體檢，沒有任何問題，只是和以往一樣，在腎臟和尿道有結石。由於查不出血的來源，泌尿科醫生認為就是結石所引起的。但石頭很小，只有〇‧九公分，應該不能引起這樣大量的出血。

之後各科醫生一致認為，要戰哥停用所有的藥物，以免藥物干擾。血是停了，但不久又來了。如此反覆幾次，戰哥不堪其擾，我也跟著擔心害怕。後來泌尿科的醫生建議，不如把石頭打掉吧！

於是戰哥住進醫院。雖然結石很小，一樣要麻醉。戰哥在手術室裡面，我在外面，雖然外面有醫生，有影像畫面，看碎石的情形，但我第一次覺得和戰哥隔的好遠，他在裡面昏睡，而我在外面，不能進去。電波重覆的擊打這個小石頭，它中心遭受破壞而鬆散，因此畫面上的白色圓點慢慢膨脹，差不多有四十分鐘吧。碎石完畢，戰哥被推出來，我快步上前，在床邊呼喚他，他慢慢睜開雙眼，問我「都好了嗎？」我握住他的手，輕聲說：「都好了，沒事了。」心中一陣酸楚。

以後幾天，我們等著那被擊碎的石頭掉出來，但卻毫無蹤影。一天天過去，戰哥依然偶有血尿，石頭？沒看見。

那個週末，星期六的下午，我們照例去游泳，但我看見戰哥頻頻從泳池上來，極不舒服的樣子，我問他，他說肚子好脹，我覺得不對勁，急忙打電話給醫生，誰知醫生出國了，我一通電話打到國外，只聽他在遙遠的那一端，用極清晰而有經驗的聲音對我說：「這情況，一定是石頭卡住了，趕快去醫院，先照超音波。」我雖然將信將疑，但想到戰哥不舒服的樣子，立刻換好衣服，並要戰哥加快速度。我先回家，因為星期六，孫孫們都來家裡吃飯，而戰哥直奔位於天母的醫院。

這頓飯吃的很不安，心神不寧。孫孫們不解事的歡顏也無法使我開懷。戰哥，戰哥，原來你在我心中比世界上的一切都重要。不一會兒，醫院來電話，醫生的推斷正確，那石頭並未如預期的震成粉末，只是折斷變小了一些往下滾到出口，仍然太大，便卡在那裡，出不來。並且說，戰哥必須馬上動手術取出結石。水份不能順暢出來，已有一部分淤積在腎盂，如果時間再長，腎臟整個積水，功能就全損壞，換言之，腎就壞了。預定八點進手術室。幸好他沒有吃晚飯，否則就麻煩了。

聽完電話，我反而鎮定了，「頑石」有了著落。醫生說像這樣碎不了的「頑石」很少見。戰哥真是從裡到外，都很「堅強」。我和兒、孫吃完飯，送他們回家，就一路去醫院看我的戰哥了。

一夫一妻，一生一世

到醫院已過九點，戰哥早進手術室了，我只好在外面等他，有兩位醫生從手術室出來看我，說一切順利，他們正用鐳射燒那塊頑石，鐳射燒的點很小，因此都燒完，要一段時間，祇是戰哥在進手術室前一再問：「我太太呢？我太太呢？」我的眼眶紅了起來。

這手術還真久，一個多小時過去，戰哥還未出來，我一人坐在手術室外面，感到多年來從未有過的無助，各種思潮不斷湧進腦海。我記起禮拜時柳牧師所講的「一男一女，一夫一妻，一生一世」。在四十七年前，父親牽著披白紗的我走向紅毯的那一端等待的戰哥時，就決定是這樣了。四十七年來我們共甘苦，同榮辱，好吃的要我先吃；我愛漂亮，好看的衣服怎樣也會讓我穿上。我們一同養大四個兒女。看著他們男婚女嫁，生兒育女。

詠心最小，尚待字閨中，但戰哥從不給她壓力，反而高高興興幫她施展抱負。

我對吃美食全不在意，也不愛下廚。在國外是毫無辦法，但在台灣這麼多年悠長的歲月，他從不要求我鍛鍊廚藝。有佣人時佣人做，沒有佣人時在外面買現成的。這不僅省了我的事，也讓我多出了許多時間來發揮自己的興趣——閱讀、寫作、音樂等等。很多朋友勸我要學打麻將，免得老來沒有朋友，並減少得老人痴呆的可能。我真的用心學過，很多人，包括我母親都努力教過我，但不知為何，我就是學不會，一坐上麻將桌，我立刻不能專心。我很苦惱的告訴戰哥，他安慰我，「學那個做什麼？有時間不如多運動！」我就照他的話，開始游泳，一轉眼，也游了十多年了。戰哥以前比較愛打高爾夫，有記者惡意報導他愛打「小白球」，他乾脆和我游泳，到現在，游泳已成為我們共同的運動，每星期四次，春夏秋冬都一樣。

從當學生的時候，我就愛看電影。戰哥也愛，他講起曾經看過的老片子、老明星，如數家珍。所以認識戰哥後，我們常相約去電影院。結婚生子後依然常偷空看電影。後來他從事公職，繁忙異常，再沒有心情，空閒看電影。因此我不是和朋友就是和孩子們一道去看。

猶記有一個夏日，和惠心同去看「羅馬假期」，排隊買票時，皮包被輕輕一碰，低頭一看，拉鍊大開，所有的錢都被扒走了，不但無法買票，連打電話的零錢都沒有，只得向百貨公司的店員借了一塊錢銅板，打電話給戰哥，只聽他在電話中著急的喊：「不要離開現在的位子，我馬上來。」不一會兒，他就坐車到了，遞了一包錢給我，那天是週末，我說：「既來了，就一起看吧！」他卻搖著頭說：「不行，我還有事！」又急忙走了。看他滿頭是汗的離去，我有無限的感動和感激。而他那焦急的面容，至今猶清晰的出現在我眼前。

牽手半世紀

戰哥離開公職後，比較有空，我們又可以常看電影。週日下午，是我們的電影時間。有好片子，我們是最早的觀眾。但我得先收集資料，選擇「好片子」。上個春天，所有在台灣上映的奧斯卡得獎或提名的影片，我們全都看了，有一次，四天看了兩部。

看電影真是享受人類智慧和科技進步的不二娛樂。戰哥：你快出來，又有好幾部精采的片子要陸續上演呢！

以往，我每次寫稿，在發出之前，總要女兒們看一遍，看看有什麼地方需要修改。我一直想給戰哥看，他的思慮、邏輯是無人能及的，但是他太忙了，不好再煩他。在他離開公職之後，我試著給他看，起初他就意思意思打量一下，後來他看的時間愈來愈久，會給我很多建議，有時竟使我重寫。這都值得，他的看法，往往可以使我從另一面角度去思考我所想寫的主題。

他從不讓我憂慮，也不讓我擔心害怕。〇五年首次去大陸，機場約有二千名民進黨的人手持雞蛋、棍子候著，要給我們好看。但這件事戰哥卻徹頭徹尾沒有給我知道，我是帶著輕鬆愉快的心情登機的。他認為除了讓我憂心外，並無濟於事。

想著想著，看看牆上的鐘，已快十點了，他還未出來。戰哥，你沒事吧，不過一個小結石，怎麼那麼久？我似乎聽見他每次回家時在門口喊我的聲音。我坐不住了，站起來在空曠的診間來回踱步。我在想，人總有一天「不如歸去」，只是早、晚不同。如果我先，那沒有話說。但戰哥老對我說，他比我大好幾歲，理當先行。如果真這樣，我不會獨自活著，兒孫雖然繞膝，但沒有人能代替你，我要永遠與你同在；「仰視百鳥飛，大小必雙翔」。我無法踽踽獨行。

我正在胡思亂想的時候，一位醫生從手術室出來，告訴我，手術順利，「頑石」燒的粉碎，戰哥馬上出來，但還要在恢復室觀察一小時。他帶我到手術室門口，戰哥的床位被徐徐推出來。我湊過去，忍不住輕撫他在熟睡中的面頰，並在耳畔輕輕呼喚他。慢慢，他睜開眼睛，看見我，叫我，並說：「幾點了？你怎麼還在這裡呢？」我告訴他現在在恢復室，要十一點多才能回房。他又閉上眼睡著了，想必痲醉尚未褪盡。我不再講話，伸手進厚厚的被褥下緊握他手掌。

我再在耳邊叫他，他睜開眼，說：「好冷」！於是又加了一床被。他又問我「幾點了」？「回家吧！很晚了」，但我堅持陪他回病房。他的床頭有兩袋點滴，一袋是消炎藥，一袋是水，因他的腎稍有積尿，有感染，必須用大量的水沖掉。又因為被石頭卡住的地方腫脹，怕排水不順，就替他放了一根細細的管子，等二星期消腫後拿掉。

回房後，戰哥清醒多了，但看起來仍然疲倦，我講一些他不知道的過程。夜已深了，本來安靜的病房更形寂寥。我不忍心把戰哥一人丟在這裡，遲遲不肯離開。但他一直催我走，我到家時，已是凌晨三點了。

我把房門鎖上。但輾轉反側，總也睡不著。我惦記戰哥，他能入眠嗎？窗外細雨潺潺，寒意盎然。希望他好好入夢，祇有夢裡可以忘記一身是「管」。

兩星期拔管後，一直到現在，戰哥不再尿血，總算痊癒了。再照超音波，「頑石」終於消失無蹤。閑雲潭影，物換星移，寒冬已至，白露為霜。一宿雖有哭泣，早晨便必歡呼。再過三年，我們就生活在一起半個世紀了，雖然歲月有嬗遷，人事有代謝，但我們要重新以健康快樂的心情去迎接未來的每一天，不要讓時間有任何留白。

——二〇一二年十二月二十五日

讀報的日子

剛開始讀報時，我念得期期艾艾，生澀且不流利，但我看見戰哥專注傾聽的神情，幾縷白髮在午後陽光下微微顫動，莫名的感動與溫柔湧上心頭……

終於，戰哥的眼睛動了手術。

多年來，戰哥一直為深度近視所苦，一千多度的近視，不戴眼鏡，完全看不到；但深度數的近視眼鏡，鏡片不僅厚，且磨得一圈一圈的，很不好看。雖然科技進步，鏡片可以做到超薄，較為美觀，但仍然看得不很清晰。所以戰哥都是準備兩副眼鏡，度數淺、較輕、較薄的眼鏡，平時配戴；唯因看不清楚，常造成別人誤解或不親和的批評。另準備一副度數深、較厚、較重的眼鏡，演講看稿、閱讀書報、看電視、看電影時配戴。即便如此，看書報或演講稿，還是要拿得非常近，但也由於演講時讀稿困難，養成他不看稿的習慣，反而生動、自然。很多人佩服戰哥「背稿子」的能力，其實戰哥不背稿子，他是先在腦海裡思索醞釀想要傳達的訊息，整理成希望表達的內容，親臨現場時，再和大家分享他的心得與看法。

看電影，是戰哥自公職退休後，我們週末假日最喜歡的休閒活動之一，如果是國台語或英語發音，戰哥可以完全掌握劇情發展；但如果碰到非英語發音之外語片或不是很純正的英語發音，那就慘了，因為戰哥的眼鏡完全無法看到字幕，這時坐在他身旁的我，就要壓低聲音在他耳邊轉述劇情，為了不影響其他觀眾，為了不讓我的脖子痠痛、口乾舌燥，我們只好放棄許多好看的外語片。

我曾多次勸戰哥動手術，但戰哥對「手術」二字十分畏懼，採取「拖」字訣。經過好多年苦口婆心的分析、醫生們清楚的講解，他終於首肯進行深度近視治療與白內障摘除手術。醫生建議手術分兩次進行，先進行左眼。第一次動手術時，我送他進手術室，當門口兩扇電動門緩緩關上，我的眼淚潸潸流下，因為只要是手術，都會有風險。再加上以往我動過幾次大手術，是戰哥送我進手術房，現在輪到我送他，角色易換，百感交集；戰哥緊緊握住我的手，我們結褵四十四年，形影不離、鶼鰈情深，我實在無法想像如果有任何情況發生，我將如何面對？我淚眼婆娑的向上帝祈求：讓我的戰哥平平安安的出來啊。

兩次手術

我在休息室裡等待手術的進行，室內寒氣逼人，雖然多次調高溫度，但我穿著的外套似乎擋不住陣陣冷風。醫院的工作人員看到我不斷的哆嗦，好心的將幾條床單讓我裹在身上，不知道是害怕還是寒冷，我的身體仍然顫抖不止。

主治醫師振興醫院劉榮宏院長，曾任榮總眼科主任，醫術精湛，他將白內障摘除與水晶體更換，同時進行；唯因左眼近視太深，乃採取較傳統的手術方式，比較保險，但傷口較大、恢復較慢。一個多小時過去了，手術順利完成，我看見我的丈夫，左眼貼著紗布、坐在輪椅上出來的那一刻，往日的奕奕神采不復見，禁不住眼眶一熱，努力將不爭氣的眼淚逼回。我上前握住他的手，千言萬語盡在不言中。

左眼手術後，可以看見較遠處，但看近處，卻像罩了一層薄薄的霧，不太清楚。右眼因尚未進行手術，可以看見近處，卻看不見遠處，兩眼視覺差距非常大，只好趕快配一副右邊平光，左邊六、七百度的鏡片，以便看遠處時用左眼、看近處時用右眼，勉強過日子。

由於手術進行順利，劉院長建議右眼採用最現代的超音波雷射，但進行時間較長，約需三個多小時。我在休息室內坐立難安，在手術房外不停徘徊；休息室之空調溫度雖然相同，但我額上汗珠卻不停冒出。終於，戰哥坐著輪椅出來了，臉上仍然是手術後的疲憊與虛弱，不同的是換上右眼貼上紗布。陪伴的劉院長解釋：因右眼近視太深、水晶體很硬，要非常小心的刮下，因此花費不少時間。我對老伴耗時甚長手術的煎熬，十分心疼，內心準備已久、希望向劉院長及同仁們辛勞表達感謝的話語，竟然久久不能說出口。

右眼手術的結果，也像是罩了一層薄薄的霧，但遠、近都看不清楚，劉院長解釋說是因為角膜水腫的緣故；有的病人很快就恢復，紗布取下，即可看見；復原較慢的人，則需一星期至十天。戰哥開刀至今，已逾一個月，右眼仍未完全恢復。醫生和我一直勸他忍耐。戰哥此時減少公務，在家時間多在閉目養神，情緒沒有受任何影響與波動。

小客廳裡的讀報聲

戰哥平日養成閱讀書報習慣，但手術後，視力每日改變，又無法天天換眼鏡；即使戴上眼鏡，也是視線模糊，所以書報雜誌、電視及電腦都無法看，如此忍了兩天，第三天，他開口問我可否讀些書報雜誌給他聽，由於他看得到大標題，因此他先選定標題，我再念內容。剛開始讀報時，我念得期期艾艾，生澀且不流利，但我看見戰哥專注傾聽的神情，幾縷白髮在午後陽光下微微顫動，莫名的感動與溫柔湧上心頭，在我們共結連理的四十幾年，兒女長大、成家立業，孫兒也加入我們的家庭，他老了，我也老了，這不正是我們應該照顧彼此的時刻嗎？〈白髮吟〉的歌聲在我的心中響起：

親愛我已漸年老
白髮如霜銀光耀
可嘆人生譬朝露
青春少壯幾時好
唯你永是我的愛人
永遠美麗又溫存
唯你永是我愛人
永遠美麗又溫存
當你花容漸漸衰
烏漆黑髮也灰白
我心依然如當初
對你永遠親又愛
人生歲月一去不回

青春美麗誠難再
唯你永是我愛人
此情終古永不改

說也奇怪，我的口才瞬間變得伶俐與流暢，如懸河注水；再加上抑揚頓挫，戰哥聽得津津有味。時間也無聲無息的悄然逝去。

我平時雖也養成每日看四、五份中、英文報的習慣，但都是固定幾個版面及內容，而戰哥涉獵的範圍十分廣泛，巨細靡遺，讓我也意外的增廣不少新知與見聞。雖然偶爾會因枯燥的內容而不耐煩，但念著念著，卻也如倒吃甘蔗。安靜的小客廳裡，溫暖的燈光下，我們倆相對而坐，我讀報，他傾聽，滴答滴答的鐘聲和著我的讀書聲，讓我感到特別的溫馨與祥和。

戰哥的眼睛日漸好轉，每日的讀報習慣卻也成了我生活的一部分，我好矛盾，一方面期望戰哥的眼睛早日恢復，一方面又希望這樣的習慣能夠持續，方能報答他對我照顧的萬分之一。

如今，戰哥的眼睛可以說是痊癒了，只剩下老花的毛病，醫師建議俟眼睛進步到固定的度數，就可以配一副淺度數的老花眼鏡。于右任先生說「人生七十才開始」，對戰哥來說是完全正確的，期望他開始有一個明察秋毫的將來；更或者，風水輪流轉，視茫茫的情況會發生在我身上，就需要戰哥讀報或讀我喜歡的散文與詩給我聽呢！

——二〇〇〇年四月二十六日

眼鏡

有大半的時光，我活在一個霧裡看花、模模糊糊的世界。看錯人、隨便亂打招呼、對面不相識、以聲音辨人之糗事，層出不窮……

終於，我又浸淫書海與閱讀之樂中。

從小我即有「小書呆」之綽號，除了教科書，永遠徜徉在詩、詞、散文、小說的世界裡，流連忘返。無論是炎炎夏日，伴著風扇，冷冽冬季，躲在被窩裡，書，永遠讓我樂趣無窮。念初中時，因年齡較同學小，個子較矮，所以幾乎都是坐在教室前面幾排，沒有視力的困擾；等到進入中山女高就讀，身高急速竄升，印象最深刻的是十五歲要升高三那年的暑假，一口氣長了十幾公分，開學安排座位時，理所當然的「敬陪末座」。這時突然發現視力模糊，黑板上的字看得有些吃力。母親視力一向良好，記憶中父親永遠戴著厚厚的近視眼鏡；與母親談及視力的困擾，母親立刻帶我至眼科診所，醫師檢查後，輕描淡寫的說：先天遺傳，後天不知保養，配副近視眼鏡吧！

那時隱形眼鏡尚未發明，近視鏡片又厚又重，款式更是十分老氣，正值青春年華、十分愛漂亮的我，怎能容許這樣的一副眼鏡掛在我的鼻梁上，遮住我的雙眸。因此，我只在課堂、電影院或看電視時配戴；平時絕對、鐵定、完全看不到它的蹤影。也因此，有大半的時光，我活在一個霧裡看花、模模糊糊的世界。看錯人、隨便亂打招呼、對面不相識、以聲音辨人之糗事，層出不窮。但從來未改變我配戴眼鏡影響美觀的看法。

歲月逝去，隱形眼鏡誕生，但我一雙被妹妹謔稱像有蹼的鴨掌、啥事都做不好的笨手，永遠無法安全的將隱形眼鏡戴上或取下，一向豁達開朗、樂天知命的我，深覺人生苦短、浮生若夢，何須觀察入微、凡事透澈呢？糊塗點、馬虎些，不僅自己好過，也給別人空間，大家開心，不是更好嗎？朦朧的歲月在指間流失，近視的度數沒有加深，也沒造成生活太多的不便，除了偶爾因戰哥的深度近視，形成兩人同時看不太清楚，因而引起一些他人的誤會，卻也相安無事。

從朦朧走向清明

當年齡邁入五十大關後，視力反而愈來愈好，每年體檢，醫生總是告訴我視力極好，也沒有老花的現象，看看周遭朋友，常常需要準備近視、老花兩副眼鏡換來換去配戴，或者是完全依賴老花眼鏡才能閱讀書報，內心暗自竊喜，覺得上帝真是公平，世間的每個人、每件事都有配額，人生大部分時光，我是在模糊與朦朧中度過，卻在知天命之年後，將一切看得清楚透澈，原來我的配額現在才開始使用。

但是，樂極生悲，這兩年漸漸發覺讀小的字體有些吃力，無論是書報雜誌或瓶瓶罐罐、紙盒上的說明，更嚴重的是《聖經》上的章節文字。我從小就去教會，在大一時受洗，正式成為基督徒，但除上教堂、唱詩歌，對《聖經》從未好好研讀；這兩年，也許是聖靈感召，突然對《聖經》產生濃厚的興趣與好奇心，每晚花時間仔細閱讀，但由於字體小，再加上有些文字翻譯得艱澀難懂，更覺吃力。因此家人不解為何我讀《聖經》時，總是瞇著眼、皺眉頭、一臉苦瓜樣的神情。驕傲的我、愛美的我，始終不願承認我需要配戴「老」的象徵——眼鏡了，於是只得養成閱讀標題、放棄小字，甚至減少閱讀的時間或頻率，失落、不踏實的感覺與日俱增。

二〇〇〇年初，戰哥動了摘除白內障、換掉水晶體的手術，雖然過程十分辛苦，但換得一對明察纖毫、辨識七彩的眼睛，讓生活更有趣味與精采，十分值得，雖然偶爾大女兒惠心埋怨：爸爸眼睛好了之後有點討厭，什麼都看得見、什麼都要管。我好羨慕戰哥，心想如果我的眼睛也能和他現在一樣，該有多好。

我問振興醫院劉院長有沒有不需配戴老花眼鏡的視力改善辦法，劉院長解釋人的眼睛看遠處及近處是可以調節的。當人的年紀越大，人體的生理構造也逐漸衰退，眼睛機能慢慢退化，眼球內的水晶體漸漸失去彈性，調節能力因此而遞減。如果原來沒有近視也沒有遠視，一般人到了四十歲左右即會開始老花，症狀輕重不同，原近視的人，老花的年紀可能會稍晚來臨；原遠視的人，老花的年紀則可能會提早。總而言之，上帝讓我的靈魂之窗享受了十年沒有近視、沒有老花的困擾，直至耳順之年才需配戴老花眼鏡，可以說是十分幸運了。

於是，我到住家附近的眼鏡店櫥窗前徘徊許久，終於在心不甘情不願的心情下，推開眼鏡店的大門，經過驗光，配了一副視力一點三、老花一百度的眼鏡。不幸中之大幸，這副眼鏡外出看電影不必使用，只在閱讀時派上用場。現在，我只要戴起新配的眼鏡，書報雜誌的文字以最清晰的面貌呈現眼前，我貪婪的閱讀一本又一本的書籍，往日安靜、幸福、與書為伴的快樂時光再度拾回，家人以十分了解的心情，不來打擾，只有才二歲、還不懂事的孫孫定捷，時常在無預警的情況下，悄然來到面前，一手將我的眼鏡拿掉，一面稚氣的說「奶奶抱抱」。

終於，我認了，人是會老的，我心甘情願的以鍊子將老花眼鏡掛在胸前。

——二〇〇〇年八月二十九日

往日履痕

我居然在兒女長大成人之後，開始學走路，前途茫茫，我的人生會怎麼走下去呢？

回顧二〇〇〇年，我的右腿曾經整整跛了一年。

沒有任何醫生檢查出跛腳的原因，甚至我自己也不知道究竟是怎麼開始的！只依稀記得一九九九年的秋天，我和幾位朋友去加拿大溫哥華旅行，在一個購物中心，走進一家鞋店，突然覺得右腳有點不對勁，不太聽使喚，那時我也沒太在意，只是隨意推想可能是腳上的鞋子作怪，心想真巧，眼下進去的剛好是鞋店，於是坐下來，想挑一雙舒適的鞋，解決右腳的不舒適。但出乎意料之外，穿上新買的鞋，非但沒有解決右腳怪怪的感覺，反而一天一天更不好走路。

回到台灣之後，立刻找醫生，找哪一科呢？腿及腳都沒有不適，只是走路有點怪，經過與醫師及朋友的磋商，決定先看骨科。由於當時我們全家都在台大看病，於是便請骨科韓毅雄主任替我診治。

在例行的照X光、驗血、各種掃描和敲敲打打之後，韓主任以空針刺進我的膝蓋，抽出一筒的水，他告訴我這是關節炎，要服消炎藥及止痛藥。但我絲毫不覺得痛啊？服了幾天藥，腳的怪怪狀況，不僅沒有改善，右腳反而更像長了一截，走路完全不能平衡，還有些跛了。

那時心急如焚，總統大選近在眼前，跛著腳，如何替戰哥跑競選行程？由於服藥沒有任何效果，韓主任便將我轉介給復健科，復健科也檢查不出原因，推測可能是左右兩隻腿長短不一；或者是長期走路用力不均，使身體的重量傾斜在右腿上，長久下來，使右腳變跛了。於是他們替我的左右腳做了兩個厚薄不同的海綿墊，要我墊在鞋底上，但海綿墊無法放進鞋子裡，只好換成穿拖鞋，但兩塊海綿好像鉛塊，我不僅沒有辦法將力量平均放在兩腳，甚至連走路都變得很困難。我努力的試了又試，滿頭大汗，最後只好將海綿墊丟掉。

我的腳更跛了，午夜夢迴，我常淚流滿面的問自己：「我怎麼變成跛子了？在這麼一個關鍵的時刻。」於是我又轉向榮民總醫院求救，榮總骨科吳濬哲主任在我的右膝又抽出一針筒的水，但他認為這樣做並無法改善我的跛腳。他想了很久，對我說要配合復健治療。

於是我開始每天到榮總做復健，復健部的醫師及護士都非常好，仔細的幫我做熱敷、超音波電療……，每次大約需要二小時，由於每天需要趕行程輔選，有時時間無法調配，勞總的醫師及護士就我在家裡做復健，以免我舟車勞頓，這些點點滴滴的恩情，至今仍記在心裡。

強顏面對，投入輔選

為了做復健，我每天大清早就起床，如果醫師還沒有來，我便打開電視隨意瀏覽，那時總統選戰正如火如荼的進行，不時可以看到各黨候選人的廣告，看著看著，心裡還真是著急，總覺得別黨的廣告總得比我們的好太多了，我們的廣告不僅不感人，甚至有時不知所云。我多次告訴戰哥，我們的文宣太弱了，一定要好好加強，但戰哥沒有時間看電視，再加上他始終秉持「疑人不用、用人不疑」的個性，以及充分授權的態度，完全不理會我的建議。有了腳跛，我心裡更有揮不去的沉重壓力與陰霾。

後來有朋友建議我同時做腳底按摩，並推薦了一位陳先生，陳先生很年輕，但腳底按摩的工夫非常好，他自己也經營了一家公司，專門代理國外最健康、最好走的鞋，我買了兩雙，一雙給母親，一雙給我。母親雖然沒有跛腳的問題，但她自少女時代，就有一隻腳因丹毒宿疾，長年腫脹，我希望這雙鞋可以讓母親穿得舒服些。當我穿著這雙「健康鞋」回家時，一跛一跛的走進玄關，看到兩邊的落地長鏡，不禁淚如雨下，放聲大哭，打開鞋櫃，將一雙雙漂亮的高跟鞋全部丟掉，我想，我這輩子應當沒有機會再穿著它們了。

陳先生的腳底按摩非常舒服，他不像其他人將腳底按摩按得非常痛，他力道雖大，但不覺得痛。應該要痛還是不痛？我也不知道，那時慌的是病急亂投醫了。

復健的過程增加了一項——走路，復健醫師牽著我的手，在客廳一步一步的走，活了大半輩子，我居然在兒女長大成人之後，開始學走路，前途茫茫，我的人生會怎麼走下去呢？

我一樣跑輔選行程，到處站台，一路上我都儘量穿寬鬆的長褲，希望可以掩飾我的跛腳，但是仍有很多好奇的人對我指指點點。我只能努力抑制隨時可能奪眶而出的淚水，強顏歡笑，以國台語推銷我的另一半——戰哥。這種情況下，我講的話更是結結巴巴，尤其是本來就不是太流利的台語。我比較喜歡掃街，因為腳雖然跛，但還能走路，我可以用握手來爭取選票。

就在跛腳的情況下，投票的日子到了。一個分裂的國民黨要面對一個團結的在野黨，悲觀、無助的心情始縈迴，戰哥告訴我：「那麼多人為我們努力，我們要更堅強、更樂觀、更努力，我們還要去鼓勵周遭熱心的朋友與工作人員啊！」沒有任何言，我只能含淚看著他。

不出所料，我們輸了，看到戰哥萬念俱灰的模樣，我跛著腳陪同戰哥到競選總部發表接受敗選。我想，老天爺一定是以我的跛腳來表達敗選的跡象吧。

敗選當晚，家中來了許多親朋友好友，因為是我的生日，大家來為我慶祝。雖然大家的神情都怪怪的，但我一面跛著腳招呼客人到三樓，一面誇張的以言語表達我的不在乎，我不停的重複：「我早就知道有這樣的結果！」不知道是哪位朋友抱著我說：「我寧願妳好好的放聲大哭一場。」我哭笑著，我的眼淚早在跛腳之初就已經流光了。「年事夢中休，花空煙水流。」從那次之後，八年過了，我沒有再過生日。

努力走得更正更直

日子還是要過下去的，我依然每天早上做復健、學走路。下午的時間做什麼呢？好友嘉英推薦我一個離家不遠的中興健身中心，建議找教練指導鍛鍊身體。她經常提，但我常推拖，好久之後，不知什麼緣故，我想去試試吧，沒想到這個決定，居然造成我一生的轉折。

健身中心的教練要求我要走跑步機暖身，我心想：「你沒有發現我跛腳嗎？怎麼走跑步機？」我也不好意思說，只好歪歪斜斜、勉強的在跑步機上慢慢的走。走了一段時間，教練調整跑步機速度，要求我走快一點，這樣一來，我的跛腳更吃力了，跑著跑著，常常跑到跑步機的踏板邊緣，教練一看到這種情況，立刻毫不客氣的踢我一腳，我覺得非常丟臉，好幾次想停止健身運動，但都咬緊牙忍了下來。這時，戰哥擔任行政院長任內規劃的「公務人員訓練中心」落成，中心裡有一個設備良好的游泳池，水溫和臭氧消毒都非常標準。戰哥知道我從小就愛游泳，就替我報名成為會員。我決定重新游泳，而且，游在水裡，就不會有人發現我的跛腳。

於是每天的下午都排滿了活動，一天游泳、一天健身中心，日子倒也過得踏實。那年五月，戰哥帶我到歐洲旅行，我們從台北飛新加坡、比利時，最後飛到波蘭。在波蘭機場的空橋上，我的跛腳好像有了一股奇特的力量，有好幾步可以走得比較正、比較直。那時胡市長（當時為國民黨文工會主任）也與我們同行，他對我說：「出來散散心，精神看起來好多了。」我用心的揣摩那股奇特的力量，希望走得更正更直，但多半時間無法如願，我也沒有太大的失望與難過，因為我早已接受跛腳過一生的結果了。在歐洲，戰哥鼓勵我多買幾件漂亮的衣服，但不同以往，我只勉強買了一件，心想，我都跛了，漂亮的衣服對我有用嗎？

說也奇怪，回台灣後，我在健身中心走跑步機時，教練踢我腳的次數愈來愈少了，慢慢的，幾乎都不踢了。漸漸地，我終於覺得不跛了，可以像正常人走路了，我欣喜若狂，「怎麼會好的」和「怎麼會跛的」，原因我都不知道，我不瞭解為什麼上帝會和我開一個這樣的玩笑，但是，我仍然謝謝上帝，謝謝祂讓我恢復了正常。

好多年過去了，每當有人提起那一段跛腳的歲月，我總是茫然的不知如何解釋「什麼原因會跛、什麼原因又好起來」，因為連醫師都不知道這個答案。

如今，我們過著與世無爭、閒雲野鶴的日子，興致來了，到世界各地去旅行，所看到的、所體會的、所得到的，往往超過我們的想像與預期，終於終於，我們大澈大悟，生活可以這樣的愜意有趣；生活可以這樣的快樂輕鬆。

這幾年，勸戰哥再選的朋友始終不斷，而我們都衷心感謝，含笑拒絕。這幾年，一路走來，往昔行旅，老來笑看，個中三昧，又有誰比我們更能體會呢？

——二〇〇八年三月《印刻生活》

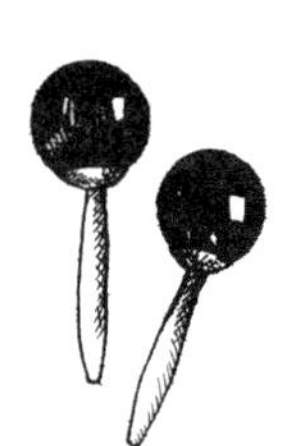

真意

戰哥無法再替國人服務是一件十分可惜的事，但如今他可以徜徉在萊茵河畔、長白山麓，自在看電影及藝文表演、含飴弄孫，得與失之間，又有誰能拿捏到呢？

今天，是戰哥的生日。

他說：今年不做生日，因為他摯愛的母親四月間方離開塵世。

但身為妻子的我，還是將全家人聚集起來，準備了豬腳麵線和生日蛋糕，為他慶生。因為戰哥的生日對我和孩子們言，是十分重要的，我們不會讓它隨便過去的。

按照往例，拍一張全家福，挑件漂亮的衣裳、搭配的飾品，我想到那只祖母綠戒指。它不算大，我從未戴過，卻是我所最愛，也是我所珍藏、唯一的一只祖母綠戒指，它是三十二年前，戰哥送給我的。

一九七九年，中美斷交，經國先生立即指示加強鞏固邦交國，由於戰哥曾出使中美洲，於是賴名湯將軍出訪中南美軍人執政國家，而戰哥被指派前往中南美文人執政的國家。戰哥出訪至哥倫比亞，該國地大物博，也以出產祖母綠聞名，沈錡大使夫人執意要帶戰哥去寶石店，在沈夫人的熱心推薦下，戰哥當下挑了一顆。由於身上並沒有帶多餘的錢，戰哥表示買了這顆祖母綠之後，立即「一蹶不振」；更由於擔心遺失，因此一路上都放在貼身的襯衫口袋。我永遠記得戰哥回到家，立刻將禮物掏出，嘴裡說著「你看，我給你買的好東西」的畫面。

當時，戰哥服務於青輔會，家中三個孩子。我們所居住的一品大廈雖是公婆為了孩子就學之便所購買，但由於房子設計為廚房在中央，採光不足，若不開燈，房間顯得十分陰暗，因此每個月之電費十分驚人，再加上鉅額的管理費以及水費、家用開銷……等，戰哥的公務員薪資所剩無幾，由此可見為了這顆玉石，戰哥這趟旅程省吃儉用的辛苦。

唉！戰哥，您應當了解我不是很愛珠寶的人，您自己十分節省，卻替我買如此貴重的禮物。也因此，這幾十年來，我不曾購買過任何祖母綠的飾品，即使再大再綠，都無法打動我的心，而這幾十年來，我也捨不得戴，偶爾拿出來把玩一下，無限的感激與愛意充滿心頭。但今天、戰哥七十五歲的生日，我決定要戴上它。

同衾到地老天荒

戰哥自二千年卸下公職之後，我們攜手遊山玩水、四處旅行，好不愜意。戰哥的審美眼光更是令我佩服，我許多「好看」的衣服，多半是在他堅持下所購買。有一年在米蘭，他看見旅館旁時裝店櫥窗所陳列的一套褲裝，覺得十分適合我，但由於已屆打烊時刻，他便央求店家可否延後打烊、通融讓我試穿，店員欣然同意。果不出所料，這套深藍色印著棗紅色圖案的褲裝，將我身材的缺點完全遮蓋了，我穿了好多年，直到這兩年因為稍許發福之故，才沒有再穿。

前幾天，陪同戰哥至公公墓前行禮，由於我父母親之墓地亦相隔不遠，所以我們按慣例準備八束花，向四位過去的親人致敬。將下山之際，戰哥若有所思地說：「我們倆也應該找塊地，最好在附近，免得以後孩子們奔波麻煩。」我先是一愣，隨後想到古詩：「青青陵上柏，磊磊澗中石。人生天地間，忽如遠行客。」世間事不是一波接一波、一代傳一代嗎？結髮夫妻生則同衾、死則同穴。這些年來，由於我晚上睡眠品質不好，擔心與戰哥互相干擾，因此與戰哥是分房而睡；旅行時也是選擇兩間房或一房二床而眠。二〇一一年四月赴廣州旅行，深夜突然接到婆婆病危送進加護病房的電話，婆婆已一百多歲，這樣的情況雖不十分意外，但仍令人忐忑不安。我們立即啟程回台，下機後隨即去醫院探視靠插管維持呼吸的婆婆。

深夜回家，我準備回到自己的寢室，戰哥拉住我說：「今晚陪陪我吧！」我二話不說，回到臥室，拿起枕頭毛毯，陪伴戰哥。戰哥對母親十分孝順，此刻他內心的無助與無限傷痛，我十分了解，他不需要講任何話，我一定會陪伴著他的，雖然我要戴著耳塞與眼罩，但我已有同衾直到地老天荒的打算了。

卸下公職做自己

戰哥公職生涯，總是一襲深色西裝與領帶、白襯衫的打扮。卸下公職後，淺藍色的外套、鵝黃色的襯衫、灰色的毛衣、格子的背心、條紋的西裝、牛仔裝……一一掛在戰哥的衣櫃，他也經常為了如何搭配而花費些許時間。

七月，我們至歐洲度假半個月，他告訴我打算買個背包，既省事且安全，扒手也不容易下手。我以為他開玩笑，沒想到他真的買了一個背包，巴黎街頭、慕尼黑的天鵝堡，他都斜背著這個包。長方型的背包掛在微微中廣的腰前，短袖線衫、麻質長褲，牽著我的手，不可名狀的輕鬆寫意，我望著他，這是以往大家常批評「保守」、「貴氣」的他嗎？些微的心酸、更多的喜悅齊湧心頭。

朋友常告訴我，戰哥無法再替國人服務是一件十分可惜的事，但如今他可以自由自在徜徉在萊茵河畔、長白山麓、紐約第五大道、世博會館……他可以盡情欣賞「天蒼蒼，野茫茫，風吹草低見牛羊」，不用再「想當年，金戈鐵馬，氣吞萬里如虎」，更不必計較媒體的批評與臆測、政壇的風風雨雨，如今可以隨心所欲地看書、游泳、打球、看電影及藝文表演、含飴弄孫，得與失之間，又有誰能拿捏到呢？

孩子與孫子獻上生日快樂的祝福，柔和的燭光下，戰哥一頭黑髮的幾縷銀絲，閃著微微亮光。我望著身旁這位相伴四十六年的牽手，〈白髮吟〉的歌詞輕輕的、溫柔的滑過心頭，這應是「此中有真意，欲說已忘言」吧！

——二〇一一年八月二十七日

遙遠的祝福

友誼

米雪兒自己不用手機，她在那小東西上敲來敲去都無法關上它。只好還給女兒，叫她關上，再拿過來，並責備女兒。

從夏威夷回來，朋友看見我總是說：「她好高啊！」「她很高嗎？」我千遍一律的回答，「是的，她很高，真的很高。」

這個「她」，就是美國第一夫人米雪兒・歐巴馬。她的高不僅僅是個子，她的學歷也高。她所唸的學校都是長春藤名校，在普林斯頓大學畢業後，進入哈佛大學法學院，拿了法學博士，和歐巴馬總統前後同學。她的工作經歷也夠輝煌，她當過律師、芝加哥大學所有醫院的公共關係和行政主任。這樣一個有能力的第一夫人，想必是美國人的驕傲。

這次亞太經合會（APEC）在夏威夷舉行，美國是地主。開會期間戒備森嚴，連瓦基基海灘上都空無一人。從我們住的希爾頓飯店望出去，不太遠處還有艦艇停泊，進出層層關卡，維安措施滴水不漏，安全人員、司機，都是從華府調來，幾天相處，大家也成了朋友。

歐巴馬總統已見過兩次了。這是第三次。他的夫人米雪兒卻是第一次見面。兩人確實是一對出色的總統和夫人。歐巴馬的記性非常好，在開會前一晚的餐會上，合照時，他對戰哥講的第一句話就是：「查理．潘真的老了，他最近又傷了腳，行動不方便。」查爾斯．潘是歐巴馬的叔公。比戰哥要年長許多，但他卻是戰哥在芝大時的室友和同學。

而我的注意力全放在米雪兒那裡。不知道是不是燈光的緣故，她的肌膚顯得光澤透明而健康，眼珠帶一些藍綠色，晶瑩而友善。睫毛刷成一簇一簇，顯得濃而長。把原來很捲的頭髮吹得很直，很有型。她穿了高跟鞋竟比歐巴馬總統還高一些。她比我高半個頭，我猜她約一八五公分。

她的衣著也好看而得體，灰色裙配粉色無肩上衣，簡單而優雅。妝扮是一種禮貌，一種尊重別人也尊重自己的禮貌。

合照畢，談談芝加哥的趣事，她親切的拍拍我，「明天我們好好聊！」

米雪兒的手臂，修長而線條優美，一看就是勤於運動的手臂。他們和所有賓客握完手後攜手進來，共進晚餐。餐畢，待所有賓客在戶外坐定，歐巴馬總統又伸手握住妻子，一同走向發言台。若不是米雪兒那麼高，真像牽住一個需要依靠的小女孩；一瞬間，有一種鐵漢柔情的味道，他一開口致詞，就說「米雪兒和我……」，如果換成東方人，要不就是不提太太，要不一定是「我和內人……」這是東西語言的差異，也是文化的不同。

活潑健談的女主人

第二天中午，米雪兒在Kualoa一個農場當主人，這個農場在海邊，海中有座尖尖的山，叫做「中國人的帽子」（Chinaman's hat），請與會所有的貴賓夫人吃午餐。請帖上服裝欄註明：「正式」，以往這種節目都是便裝。但因正值美國大選，他們很怕國內的老百姓會以為總統夫婦在夏威夷渡假。因此，所有活動都要正式穿著。這使我帶的休閒褲裝毫無用武之地。

那天米雪兒穿一件黑底大黃花的裙裝，正式裡透出夏威夷風情。她在午餐的棚外與來賓一一握手；她的頭髮挽上去，露出頸部美好的線條和纖纖腰身，她的睫毛長而翹，使兩眼更為有神。

我在鵝卵石的小徑上和她握手寒暄，她問我在芝加哥時住哪裡，我告訴她了，順便也講了戰哥的宿舍，那時我們還未結婚呢！她聽了很高興。歐巴馬總統曾在芝大教了十二年書，米雪兒是芝大所有醫院公共關係和行政主任，他們在芝加哥住了相當長的時間，對那裡很熟悉，她拍拍我的手，「下次到芝加哥前通知我！」

她在不同的場合有不同的形象。午餐前，大批媒體記者環繞，她不疾不徐的在講台上介紹我們要吃的夏威夷有機食品——魚、芋頭等。等媒體離開，她馬上成為好客的主人，活潑的走到她的座位——就在我斜對面，開懷的說：「老天，他們走了，我們可以好好聊天。」

米雪兒非常健談，在座雖都是各國貴賓，但也都是媽媽（除了澳洲女總理的男伴）。一開始，話題都是媽媽經，米雪兒的兩個女兒——瑪莉亞十三歲；莎夏八歲，都是非常需要照顧的年齡。她講了好些管教女兒的事。最有趣的，她原本不讓女兒們使用手機，因為怕她們花太多時間在手機上，而且什麼人都可以打進來。但瑪莉亞已十三歲，似乎有這個需要。所以給她一個手機，但只可以在週末使用。但有一天，不是週末，她發現瑪莉亞在用手機。她很火大，立刻衝進去責備女兒，並把手機搶過來。米雪兒自己不用手機，她在那小東西上敲來敲去都無法關上它。只好還給女兒，叫她關上，再拿過來，並責備女兒。事後，她覺得好糗，要教訓女兒還要她幫忙。四周的人聽了，也都為之莞爾。

這使我很安慰，我也不常用手機，僅僅用它接聽而已，我學會看簡訊，還是不久之前的事，因此被朋友取笑。

我也說一些女兒們的事，順口講出她們都是哈佛畢業，空氣中突然有片刻安靜，米雪兒噢了一聲，問我兩個女兒現在做什麼？我告訴她，一個在學校教電影；一個從事藝術工作。我想，我不要再提兩個兒子的事，雖然他們也和歐巴馬總統大學同校。

後來又談到芝加哥的市政，我說戰哥和我都很喜歡戴利市長，他把芝加哥的治安改善不少。米雪兒馬上問我，是哪一個戴利？父親還是兒子？我照實說：「是老戴利」，她笑著說：「老天，那時我還未出生呢！」她的確很年輕，只有四十七歲，我在想，歐巴馬如果連任成功，他們卸任時，不過五十出頭，正是生命最圓熟的時候！當過世界第一強國的領導人，白宮的主人，很難再有其他的角色可以匹配了。不知他們的生涯規劃是什麼？這是件有趣的事！

我接著說：「小戴利也很好，我們每次回芝加哥，都看到新的建設，像四季公園等都漂亮而壯觀，市容美化很多，記得芝加哥以前很少紅葉，現在卻楓紅處處。」她開懷的笑起來，露出一口潔白整齊的牙齒。後來我才知道，小戴利現在是白宮幕僚長。

餐畢，我們移到戶外聽孩子們唱歌，米雪兒不再言笑，專注的在聽，我們身後又環繞了大批媒體。日頭很大，好幾位賓客在拭汗。

這雖只是一次簡便的午餐，但卻經過美方嚴謹而精心的安排。不僅是午餐，APEC其他任何活動事前都有完整的規劃，做到分秒不差。事後憶及，甚為佩服。

告別時，她在門口送客，和我握手時，再一次親切的說：「下次到芝加哥，一定先告訴我！」

我會的。我可以感受到她對台灣的友誼和對我的誠意！

——二〇一一年十二月二十九日

沒有眼淚、沒有悲哀，但恐懼排山倒海湧至，心裡想著：「是生？是死？」

真相

距離十一月二十六日晚發生之槍擊案已經兩個多月了，我始終無法相信與接受這個事實，我總覺得那是一場噩夢，但是至今有關「連勝文槍擊案」之媒體報導、坊間臆測、名嘴評論……仍然層出不窮的被討論與披露，原來這件發生在我高大、良善兒子的不幸，並不是一場夢，而是一件確實發生、血淋淋的悲慘事件。

二〇一〇年十一月二十六日星期五，五都三合一選舉前夕，戰哥與勝文都投入助選的活動，不在家用餐，但家中熱鬧異常，一對將赴上海工作的友人夫婦，帶著他們的一雙兒女向我們辭行。晚餐用畢，孫孫定捷在小哥哥及小姊姊的吆喝帶領下，在屋子裡追逐競跑，歡笑聲此起彼落，玩得不亦樂乎；大人們則是喝茶聊天，一片歡樂景象。

恐懼排山倒海湧至

「鈴鈴鈴」，依珊電話鈴聲響起，她將電話帶到鋼琴間接聽，突然，她哭著衝進客廳：「媽，勝文受傷了！」大家七嘴八舌的問「是不是被鞭炮打到」、「誰告訴你的」、「在哪個場子受傷的」、「傷了哪裡」……淚如雨下的依珊哽咽的說：「是勝文助理打來的電話。只說勝文受傷了，電話就斷了，我打電話也打不進去。」大夥安慰驚嚇悲傷的她：「放心，一定是被鞭炮打到，不會太嚴重的。」大家分別拿起個人電話，有的撥給勝文、有的撥給勝文助理、有的撥給勝文駕駛、有的撥給勝文同行友人，但所有電話均佔線，無法接通。突然，家中電話鈴聲響起，我拿起電話、如下句子傳入耳際：「勝文被槍擊，現在永和耕莘醫院急救。」哐噹一聲，我手裡的電話掉落地上，眼前一片漆黑、腦中一片空白，全身發抖，無法言語，惠心打開電視，我則上網查永和耕莘醫院地址，隨即依珊在友人陪伴下，驅車前往。我則打電話給陪同戰哥出席活動的隨扈，請他們告知戰哥這個訊息。此時電話聲又響起：「勝文現從耕莘轉往台大醫院急救」。心急如焚的我，也立即坐上車前往台大醫院。一路上，我與惠心冰冷的手緊緊握在一起，沒有眼淚、沒有悲哀，但恐懼排山倒海湧至，心裡想著：「是生？是死？」我催促著駕駛：「開快點、開快點，有沒有近一點的路？」我要趕快見到我的寶貝兒子。

走進台大急診室，熙熙攘攘的人潮，我分不清哪些是病人、哪些是家屬、哪些是友人，我急著找尋我的兒子，仔細看過每張安置在走廊上的病床、擔架，遍尋不著我的勝文，著急的我也看不到戰哥。戰哥你在哪？您知道您的兒子受傷了嗎？

時間一分一秒走得格外慢，不知過了多久，門口響起一片嘈雜聲，勝文被抬了進來，他的臉腫得好大，兩側臉頰像兩個小皮球，貼著紗布，身上所穿的競選背心全是血，我大叫勝文的小名「阿弟、阿弟」，他緩慢的舉起手，比個V字，我想是「2」號或「勝利」的意思吧。這個孩子，在此生死關頭，仍不改其樂觀、愛朋友、義氣的個性。他的手沾滿鮮血，連指甲縫也盡是血漬，滿臉恐懼的我看著他，今天早上才離開家門的兒子，怎麼會變成這個模樣？我全身顫抖。戰哥不知何時進來，何時站在我身旁。勝文很快的被推進手術室，他緊抿的嘴角在顫抖，旁邊陪伴的依珊更是淚下交頤。我向上帝禱告：「請您用您的愛救救我們的兒子。」

體內碎彈三百片

夜更深了，許許多多的朋友自四面八方湧入，每個人都過來擁抱我，有人安慰我「吉人自有天相」、有人鼓勵我要「堅強」，每個人都告訴我「我們會替勝文禱告」，我仍然無淚，至今我才知道傷痛不盡然是以淚水傳達的。戰哥一言不語的陪在身旁，無言的我們盯著手術室，期盼著我們的兒子趕快出來。

時間一分一秒過去，我的恐懼愈來愈深。主啊！請祢垂憐，更請您保佑勝文，他是一個好孩子，他的妻子還好年輕，兩個孩子也都還小，小兒子安捷還沒有叫過「爸爸」，他一定要留在世上照顧他們。萬能的主，懇求祢垂聽我的禱告。

不知過了多久，手術室的門打開，一位戴著白帽、穿著白袍、戴著口罩的女士，像我們久候的天使，翩然出現在我們眼前，她說：勝文一切穩定，醫生們正替他清除兩頰傷口內外的子彈碎片，估計有三百多片，這些碎片都非常小，小到必須用針來剔除。這要非常仔細，而且非常重要，否則殘留的子彈碎片會影響傷口的癒合。她並未言及勝文其他的傷勢，但是不是勝文的命保住了？

認識、不認識的朋友，絡繹不絕的來到醫院，周錫瑋縣長趕到，他表示看過完整的錄影帶，畫面上清楚顯示兇手跑到舞台，用槍抵住勝文的頭、朝勝文的頭上開槍，兇手看到一槍未擊中要害，就立刻轉到勝文身後，用槍指著勝文後腦，準備再補一槍，就在這千鈞一髮之際，勝文背後一位男士奮不顧身的制伏兇手。貫穿勝文顴骨的子彈，則打中舞台下方民眾黃運聖的頭顱，造成他當場死亡。我聽著周縣長血淋淋的具體描述，顫抖得更厲害，各種情緒齊湧心頭，我感謝上帝的恩典；我感謝拯救勝文這位素昧平生、見義勇為的朋友；但我更難過的是這位無端受槍彈波及的朋友，他家人的傷痛將如何安慰。

凌晨二點多鐘，手術室的門終於打開，躺在病床上的勝文被推出來，麻醉尚未退去，他的臉包滿紗布，兩頰依然腫脹，鼻子裡塞著棉花，醫師告知：因為子彈穿過鼻竇，怕鼻梁塌下來，所以必須將氣球放入擴張，再塞入棉花以便支撐固定。也因此勝文無法以鼻子呼吸。勝文張著嘴，嘴唇焦紅。

我忽然記起勝文兩歲多的時候，有一天下午在院子玩耍，突然一個踉蹌撞上一塊大石頭，左眼皮破了個洞，紅色鮮血涓涓流下。那時我還年輕，抱著眼皮滴血的娃娃，手足無措。不久，公公趕到，急忙將我們母子接上車，前往一家他熟識的外科醫院。醫生看到我們，二話不說，抱起勝文進入手術室，將小小的勝文放在手術台上，立刻進行手術。由於擔心縫合傷口時勝文會亂動，因此全身先行麻醉。麻醉針一打，原本哭得肝腸寸斷的小勝文立即不哭不鬧，乖乖的動也不動。此時我看到弱小無助的勝文躺在冰冷的手術台上，不禁放聲大哭。當時那位年輕母親擔心與害怕的畫面，至今仍然清楚的呈現在我的腦海裡。小勝文傷口縫合好了，由於麻藥未退，小娃娃紋風不動的躺在那裡，和平日橫衝直撞、活蹦亂跳的模樣完全不同，我的眼淚始終沒有停過。事隔四十年後，沒想到同樣的畫面再度呈現，只是當時小小的娃兒已經長大，不僅長高長壯，更為人夫、為人父，成家立業了。當時號啕大哭的我，如今卻哭不出來，取代的是無法停止的抽搐顫抖。

「要弄清楚這是怎麼回事啊！」

我們緊隨著勝文的床，走進加護病房。由於加護病房的規定，朋友們在門口與我們道別，更獻上他們的祝福。勝文高大的身形，讓小小的加護病房更顯擁擠。依珊不停的用棉花棒沾水來潤濕勝文焦紅的嘴唇，大家焦急的守候著，等待勝文的甦醒。時間在寂靜無聲中消逝，約三十分鐘後，勝文眼睛張開一下，嘴角稍稍抽動。我看到他血紅的眼睛（醫師解釋，因為子彈由右顴骨穿出，導致眼下的血管破裂），原來佈滿血跡的雙手已清洗乾淨，但指甲縫裡仍藏著血漬；鼻腔、嘴及兩頰的傷口，全掛著引流管，以便讓血水流出。望著床上的兒子，我好想抱抱他，但我忍住了，顫抖仍未停止。

回到家，已是清晨四點，我和戰哥面對面坐著，毫無睡意；腦海裡盡是勝文腫脹、貼滿紗布、插著引流管臉頰的畫面。我們完全無法相信與接受勝文被槍擊的事實。夫妻倆面對面坐著，靜默許久，戰哥哽咽的說：「要弄清楚這是怎麼回事啊！」無限悲傷、無限哀痛。結婚近半世紀，記憶中在二十五年前公公去世，戰哥捧著骨灰罈、號啕痛哭，而兩次總統敗選，都未曾見其流淚。如今他心目中這位一向與人為善、熱愛生命、誠實向上、努力勤奮、熱愛朋友，他所摯愛的兒子，竟然遭逢這樣令人驚心害怕的經歷，怎不讓他老淚縱橫呢？依珊堅持守候在加護病房、寸步不離，大家也沒有勉強她。

第三天，勝文轉進普通病房，我看著胸前一串串的引流管，內心十分不捨。他高大的身軀躺在病床上，幾乎無法動彈。醫生護士來換藥，先換左邊，揭開紗布，長長的傷痕被密密麻麻的細線整齊的縫合；要換右邊紗布時，一位戴眼鏡的醫師好心提醒我：「你最好不要看，你會受不了的。」我天人交戰了幾回合，由於深知自己的不夠堅強，點點頭，默默的走開。如今回想，我應該看看這些傷口，才可以更加體會兒子所受的創傷有多深。

好像是第五天，勝文坐起來，我看著他胸前一排充滿血水的引流管不停晃動，觸目驚心，我忍不住問醫師引流管還要掛多久。醫師回答：「大概再一兩天吧？現在抽出來的血水已經漸漸少了。」我不是沒有耐心的媽媽，只是心疼依珊，依珊自兒子中槍那一夜起，就亦步亦趨、如影隨形的陪伴勝文；家裡的枕頭、床單、棉被全搬進病房，偶爾回家洗個澡，抱抱兩個兒子。我提議晚上請看護照顧，她也不同意，她擔心如果她離開，又會有人加害勝文。她的擔心害怕，我們均能深刻體會，像我們這種身經百戰、見過大風大浪的人都亂了分寸，何況像她這樣單純，婚前只有家和實驗室、婚後只有丈夫和孩子，突然要面對如此殘酷、醜陋的事件，她純真的心靈如何承受？

在眾人面前，她十分的鎮定，但當深夜來臨，幾乎很難入睡，短暫有限的睡眠也是噩夢連連，有時更會驚聲嘶叫。我希望勝文的引流管能盡速取下，讓依珊感覺到她心愛的人已復元許多，讓她久懸的心可稍稍放下，早日回歸正常的生活。

各種臆測與評論加倍傷人

終於，勝文的引流管可以拿下了，臉頰依然腫脹，仍必須貼紗布，但看起來好多了。好友介紹顱顏外科專家陳昱瑞醫師會診，他與台大醫療團隊診視、討論後告訴我們，勝文痊癒後的容貌不會改變太多，他覺得勝文的槍擊真是不幸中之大幸，這種機率是幾萬萬分之一。自槍擊案當晚始終未哭的我，此刻淚如泉湧、泣不成聲，我感謝主的恩典，救回我摯愛的兒子。

勝文的傷勢已無大礙，但眼睛依舊血紅，鼻子及口腔不時擤出及流出橘色液體；由於臉部肌肉神經受傷、上下齒無法咬合，嘴亦無法張大，只能喝稀飯。我們每天將各種食材剁碎，與米煮成粥，雖然無法吃飽，但我們也無計可施，勝文也因此瘦了四公斤。依珊擔心孩子的安危以及丈夫再度受害，整日憂心忡忡，吃得少、睡得淺、噩夢不斷，整個人明顯瘦了一大圈，我們看了好心疼。往日那個快樂、幽默的媳婦，她心靈的創傷，何時才可以痊癒？

一週後，勝文傷勢明顯進步，這完全要感謝台大醫療團隊同仁精湛的醫術。醫生表示由於外傷已漸癒合，內傷部分，包括臉部消腫、鼻竇復原、牙齒磨合、疤痕修護，則需要長時間的慢慢調養。為躲避長期駐守院外的記者，第九天清晨，勝文悄悄從醫院後門溜出回到家門。一回到家，他緊張戒備的心情明顯放鬆，倒頭睡在他熟悉的「大」床上，一直睡到第二天中午。回家後，依珊每天替勝文換貼傷口的膠布，臉依然腫，好像胖了一圈。我們媳婦的擔心害怕絲毫未減，讓我們十分不捨。

勝文的槍擊案，讓我們感受良多，許多認識或不認識的朋友，向我們傳達他們的祝福，有人提供藥方、有人提供補品、有人替勝文煲湯、有人送自家種的水果蔬菜；祝福的信、祈福的卡片紛紛從海內外寄來，讓我們感受到無比的溫暖；但各種「自導自演」的無情臆測與評論，更讓我們傷心不已，誰會捨得讓我們摯愛的兒子、依珊心愛的丈夫承受這樣的危險與傷害呢？

時間飛逝，勝文槍擊案進入偵查審判的過程，但偵結起訴，嫌犯犯案動機部分，檢方卻定調為「誤擊」，這樣的結果讓我們無法接受。當電視重複播放兇案錄影實況時，我們見到兇手慘無人道，冷血致人於死地的過程、血腥驚悚的場景，仍然讓我們淚如雨下。孫孫定捷不經意看到畫面，還會笑嘻嘻的說「我爸爸在電視上」，他的童言稚語更讓我們心酸落淚。我們沒有別的要求，只期待真相能水落石出，我們希望似乎已在人間蒸發的幕後主使者能被查出，否則我們如何相信活在寶島台灣，我們的生命及安全是有保障的呢？我們更衷心期盼暴力事件不要再發生在任何一個人身上。「真相」是我們最卑微的期望。請還我們一個真相吧。

——二〇一一年二月二十二日

三顆子彈

五月廿一日，勝文的槍擊案宣判。我驀然回首，這麼多年來，子彈的陰霾竟一直沒有離開我家。

從二〇〇四年到二〇一一年，三顆子彈，不但穿破了我們家人的心和頭，也使連家原來要走的路，被打的支離破碎。

二〇〇〇年，由於國民黨分裂，我們敗選。但民進黨執政四年，社會亂象叢生，不但毫無建樹，百業蕭條、貪腐無所不在，民不聊生。基於使命感，戰哥再度參選，那一年，所有的民調都顯示我們會贏，而且贏得漂亮。

許多在那四年中已「綠化」的朋友，紛紛轉來示好。只有國民黨前竹科管理局局長薛香川，在選前兩個月，曾經警告，陳水扁在選前幾天，會用槍擊製造悲情，讓連宋陣營來不及反應，進而影響選情。但國民黨內部分析，陳水扁以總統之尊，應不會做出這種下三濫的醜事吧。

而這些，我全然不知道。我若知道，會勸戰哥仔細研究這可能性，要以君子之心度小人之腹。我覺得，像陳水扁這種人，為了要贏，是沒有什麼事不敢做的。

從政是一條危險的路

三一九當天的新聞，記得全是吳淑珍炒股票，總統府官員陳哲男的SOGO案，陳由豪送陳水扁政治獻金事件，沸沸騰騰一件連著一件的播放。

然而，很不幸的是，薛香川的憂慮果然成真。我記得，那天早上報紙頭條就是陳由豪獻金的新聞。全台灣幾乎沒有人不相信三月廿日陳水扁必定落選，祇是不知道他輸多少而已。多諷刺啊！沒有幾個小時後，當我在永和掃街的時候，真的發生了所謂「兩顆子彈」的陳水扁槍擊案。文茜打電話給我，要我趕快到機場，和那時的馬市長會合，南下奇美醫院，探視陳水扁。我急忙放下一切，趕到松山機場。

我一個人在機場候機室坐著，沒有人來和我會合。半晌，手機響了，叫我不必去了，很危險。

但是，我事後想，如果我去了台南，即便陳水扁不見我，但藍軍此時任何正面的動作，都可以加分。這一來，新聞上從報導陳水扁和家人的貪腐，一下轉到那兩顆子彈和陳呂的傷勢，充滿了綠營慣於操作的悲情，而藍軍的一切報導，都消失了。

戰哥本來還在掃街，也被總部通知立即停止。所有的一切都停止了，包括選前最後一夜全台數場幾百萬人的造勢大會也取消。副主席澄枝姊覺得這樣不對，建議把造勢大會改成祈福大會，但太遲了。總部已決定：停止，停止一切活動。

好幾年後，我問戰哥，為什麼要把一切停下來？橫豎是要輸，為什麼不下一個最後的賭注？陳水扁春風滿面走進奇美醫院，邱義仁詭異的笑容，不是明明有詐的表現嗎？為何竟相信這一切？

戰哥告訴我，沒有辦法，總部一些幫忙的朋友堅持要這樣做，否則他們馬上辭職。為了人和，戰哥不得不接受這個決定。廿日開票結果藍營只輸掉百分之零點二，如果不是競選總部堅持停掉所有活動，這些微的票數，藍軍一定可以爭取過來吧！

三二〇當夜開始，整個月都在抗爭。雨裡、風裡，從白天到黑夜，我們都在街頭遊行、靜坐、抗爭。這是我生活裡從未有過的經驗。雖然國親陸續提出「當選無效」、「選舉無效」的訴訟，成立「真相調查委員會」、「驗票」、「驗冊」（驗選舉人名冊）、「調查槍擊案」等重大事件，但這些不是被高等法院判敗訴，拒絕進行，就是以不實結果搪塞。

其中，「真調會」在立法院成立，也有具體的結論，而當時的政府以所謂的「行政抵抗權」，處處阻撓，置若罔聞，更荒謬的是陳水扁政權居然編出一個已死亡的陳義雄，當做兇手。一直到今天，他的家人還蒙受著不白之冤，以後政黨雖經輪替，對「兩顆子彈」的懸疑，雖有若干動作，但案情卻無任何進展。

這一切再再都使我覺得從政是一條危險的路，爬的高、跌的重，尤其在台灣這雖說是民主，而祇會用民主之名而濫權的地方。我天生做不成「翁山蘇姬」，我要戰哥退，退出政壇，過我們自己的生活。

我做到了。這麼多年來，我幾乎不問世事。現在官場裡的名字，除了一、二位外，我竟完全不知。讀書、運動、旅行、弄孫幾乎是我生活的全部。閒適以終老，沒有什麼不對、不好吧！

六年過去，這兩顆子彈的種種猜疑、刑責，完全沒有釐清。它的真相，其實大家都明白，是陳水扁自導自演，但卻無法證實。二〇一〇年十一月廿六日晚上，勝文去為朋友助選，一顆子彈又從天上飛來，射穿勝文的頭。雖然已事隔一年半，現在想來，依然膽戰心驚。

那顆子彈，在穿過勝文頭上後，又飛向台下一名觀眾黃先生，使他當場死亡。黃先生原是從國外回來探視母病，結果竟無故死了。他母親痛不欲生，不到半年就離開塵寰。

黃家無辜家破人亡，這起殺人兇案，震驚社會。但一二年五月十一日宣判，司法單位居然輕輕拍下，只判廿四年，誰都知道，這意味著，沒有多久，兇手就可假釋出獄，恢復自由，這麼多條命的債，討不到他頭上。

第三顆子彈

勝文從小高大，在戰哥出使薩爾瓦多時，他才四歲。一位小兒科醫生就預測，當他十五歲時，就會有六呎五吋高，換言之，就是一九五公分。那時小小的他非常害怕，怕他會沒有床睡，那醫生果然沒有錯，勝文在初中就已達一九五公分。他不論到哪裡，即便人群再多，都可以認出他。我不矮，但穿上三吋高跟鞋，還不到他下巴。要錯認勝文，是絕不可能的事。

勝文和他父親一樣，對報效國家，有相當熱忱。戰哥雖歷經險阻，但對家國，總是不忘。永遠在不同的角度，盡自己一份力量。我笑他傻，他總不言語。

勝文也一樣，他參選了幾次中央委員，雖都名列前茅，但每年要競選，要花掉半年時間，連正事都耽誤了。就勸他別選了。後來應郝市長之邀，出掌市府悠遊卡，他忙的很起勁。但他的身體吃不消，動了一次手術。於是離開公務，去做他自己的事。

他從小愛朋友，朋友很多。應該從未與人結怨。為何有人要槍殺他，我們想來想去，無法確定。

兇手已經在現場逗留了很久。而勝文在前一天已答應友人去助選；那夜他到場後，在台下坐了十多分鐘，又在台上被介紹了三次，除非兇手有夜盲症，否則他怎可能弄錯這兩個身材如此懸殊的人。他是以一定要致人於死地的心來發射這顆槍彈，他的槍法真準，果真命中勝文頭上。上帝可憐，勝文一抬頭，子彈從他臉頰進去，穿過口腔，從另外一邊的太陽穴射出來，只要差〇・一、二公分，後果不堪想像。

退一萬步想，如果真弄錯了，一槍之後應該立刻停下來，轉換射擊目標，但兇手卻追扭到勝文背後，毫無人性的向勝文再補一槍。他的手已扣上板機，在這千鈞一髮之際，見義勇為的劉先生撲上去，並伸手抵住那已扣上板機的指頭，才使另一彈沒有發出。勝文等於走了一趟鬼門關。走筆至此，仍不禁雙手發抖，淚流滿面。

以後的日子，幾乎所有親朋好友，甚至對岸的朋友，都殷殷垂詢勝文的傷勢和復元的情況，所有人都認為這起兇殺案不簡單，但有關單位連調查尚未開始就說「那是誤殺」。

雖然，蒙神憐憫，把勝文從死神手裡奪回來。雖然他的外傷經過長時間的復健、修補、磨合、適應而漸漸痊癒。但他和依珊心裡的傷，卻很難磨滅。有滿長的一段日子，勝文容易緊張、激動。依珊本是個快樂開朗的女孩，但這事發生後，白天，她強自鎮定，似乎淡笑自若，但夜晚，她一次又一次的惡夢不斷，大喊大叫，醒了就冷汗直冒。我再也找不回那個歡樂無憂的媳婦。

那時，她會做些許我們不了解的事，戰哥總是憐惜的說，「可憐啊！她差一點就成了拖著兩個幼兒的寡婦！」對定捷、安捷格外憐愛，他們差一點失去爸爸。他們兩人一同去看醫生，一直在吃調節身心的藥。勝文到現在還不願去看電影，那漆黑的空間使他不舒服。

我們並沒有資格去替兇手判刑。只是，他的槍哪裡來，到底誰在幕後主使？總要查清楚吧！社會的治安可以這樣敗壞嗎？

很多很多人要勝文出來競選。但在這種情形下，他能嗎？作為他的妻子、他的父母親，又誰敢同意呢？

也許，這也是幕後的原因之一吧！

——二〇一二年五月二十九日

最後一夜

一個相知相識相處長達十餘年的人，怎麼會變成這樣？選戰如火如荼在進行，但藍軍分裂為二，戰哥腹背受敵，另一組人把戰哥和李先生綁在一起，加油加醋的攻擊。

一月十三日。選舉，已經到了最後一夜。

每個陣營都卯足勁，想獲得第二天的勝利。我一向不看電視轉播的造勢活動，我不忍看參選人身心俱疲的樣子，嘔心瀝血的言詞。但就在這最後一夜，我卻無意中看到一個熟悉而遙遠，曾經非常接近，但卻漸行漸遠，終至背道而馳的身影。他拖著老病的身軀，穿著厚重的長大衣，裹著圍巾，在瑟瑟寒風中嘶吼著一個他圓不起的夢。

看著他，我曾經有過的錯綜複雜的感覺又若隱若現，一個相知相識相處長達十餘年的人，怎麼會變成這樣？他不是蔣先生親自揀選的人嗎？是他一直掩飾的太好，還是他後來才轉變的？不解，一百個不了解。

一九四九年大陸撤退來台後，很多年台灣都是蔣家執政，六四年戰哥在美國唸完書後，原本在美國執教，後因公婆的思念，便回國工作，起初在大學任教，兩位蔣先生都對戰哥很好，可以說他是兩位蔣先生刻意栽培的年輕人之一。當時李先生學者從政，和公公同一個辦公室，公公在無形中教導他許多為政做人的道理。後來戰哥轉至政府服務，李先生常找戰哥聊天。戰哥告訴我李先生看的書很多，尤其是日文書。那時一點都看不出李先生有什麼獨特的想法。

蔣先生麾下的行政工作，由孫先生領導。孫先生是一個大家都尊敬的人。大家都認為蔣先生應會交棒給孫先生，而孫先生帶領著一個由許多一時俊彥組成的團隊，努力建設這海角一隅，台灣的前途光明。

但世事短如春夢，人情薄似秋雲，萬般皆有命。孫先生在一夜間忽然腦溢血，倒了下來，他這一病，攪亂了滿盤棋局。蔣先生身體也不好，但他必定沒有想到自己會走的那麼倉促，因此他恐怕尚未選定接班人。而就在這個當口他走了，那麼匆忙，以致他的副手必須繼承他未完的任期。後來接任的李先生自己也說，這恐怕不是蔣先生的原意。而這一錯，使台灣在綠色執政下度過八年。百業蕭條，弊病叢生。這應當是蔣先生在天之靈最不願見到的事。

公開揚棄昔日理念

不過，最初並沒有人懷疑李先生對黨國的忠誠，他對戰哥很好，不次拔擢，於公於私都很照顧我們。惠心結婚時，他還親自來我家道賀。他的夫人非常優雅，喜歡音樂和打高爾夫，常常播放歌劇和交響樂錄影帶給一些李先生部屬的太太們聽，我也是其中之一。我也喜歡音樂，祇是對錄影帶上的日文翻譯一字不通，只有就己知的劇情去猜測，高爾夫也是那時學的。但我對這種在風吹日曬下揮桿的運動毫無興趣，打了一陣後便停下來，仍然恢復游泳，以迄於今。不過，我還是感謝她對我學球的鼓勵。

那段時間，還有不少往事可以回憶。戰哥所輔弼的元首對他的建議多所採納。因此他實行完成的計劃很多，諸如健保，電信現代化的開放與發展——今日的數位化、寬頻、人手一支的行動電話等等，就是這麼來的……。可是，他再也沒有想到，其中最重要的一項——把台灣建設為「亞太營運中心」，不但無緣實現，功敗垂成，更導致李先生和戰哥意見的嚴重分歧。換言之，後來戰哥和李先生分道揚鑣，完全無關個人的恩怨，而是李先生公開揚棄了過去的理念，但戰哥仍然始終如一堅守立場。

「亞太營運中心」涵蓋了金融、航空、航海、電信、媒體，製造及兩岸的重要政經計劃。它以台灣為中心，以大陸為腹地，規劃期從九五年起到二〇〇五年，長達十年，兩岸經貿來往，務實交流，擴展商機。

開始，李先生也贊同這項計劃，也認為它的具體落實和台灣的經濟命脈息息相關，「亞太營運中心」的實現將使台灣脫胎換骨。所以戰哥放手去做。他偕同一批有學識有能力的幕僚，把使台灣現代化、多元化的藍圖一一架構起來。台灣未來的繁榮在他們腦海中縈迴。現今台北的一〇一大樓就是那時蓋的。他當年的幕僚至今回想起來猶是神采飛揚。他們仔細的思考，努力的工作，因為擺在眼前的，是無窮的希望。

三年後，也就是「亞太營運中心」到達第二期，一〇一大樓差不多蓋成的時候，在九八年工業總會的年會上，李先生突然宣佈對大陸政策要「戒急用忍」，凡能避免和大陸接觸的都避免。那天，工總許多人，尤其理事長高先生，乍聽之下，大吃一驚，和李先生發生極不愉快的摩擦。這對戰哥也是一個晴天霹靂。這一來，「亞太營運中心」的建設停止，大陸所有的商機將被別國搶去。一〇一在那裡空轉，乏人問津。佔百分之四十股份的政府年年慘賠。直到〇五年後，陸客來台多了，投資增加，才漸漸有今日的光景。戰哥算了一算，因為「戒急用忍」，台灣的發展慢了十五年。否則台灣一定會超過新台坡、香港，更不用說南韓。南韓現今的國民所得，已超出台灣甚多，沒有「戒急用忍」，就沒有今日的南韓。撫今思昔，能不悵然？

李先生的改變還不僅如此。九九年五月，梔子花香的季節，他在毫無預警下接受德國電台德國之聲的專訪，拋出「兩國論」。新聞發佈後，引起不小撞擊。和大陸好不容易建立的「辜汪會談」，無盡延期，李先生是元首，作為部下，是無法反駁的。但戰哥心中的陰影又深一層。不久，戰哥的老友徐先生回憶，國安單位交了一份李先生的手稿，要他轉給戰哥。徐先生不敢怠慢，立刻去找戰哥。不過，他說當時戰哥不予重視的態度，使他不滿，那是一份極重要的文件，怎可輕忽？其實戰哥心中已料到，這一定是有關「兩國論」的事，他覺得既為難又困惑，曾經相知相識甚深的人，怎麼轉變到無法相認呢？

一轉眼，李先生的任期要屆滿了。他公開宣佈，他有兩個心願，一是在他有生之年將政權和平轉移，一是他的繼任者，必須和他理念相符。其實，民主機制，一切要選民決定，不是任何人想怎樣就可以做到的。

九九年，戰哥參選，想實現自己的抱負。他出版了一本書《連戰風雲》，詳述自己的理念和經歷。書中明白寫著，「我是台灣人，也是中國人」，他對兩岸採取「雙贏」，排斥「零和」，不統、不獨、不對立，要和平、要交流、要雙贏。

這本書在正式上市之前，先送了一本給李先生，表示尊敬。不料，幾天後，李先生的祕書氣急敗壞的來找戰哥，說李先生看了兩天兩夜，堅持要戰哥停止出版此書，已送出的趕快要回來。怎麼辦？新書發表的日期都定了，請柬都已發出，怎麼忽然來了這樣專橫的要求？戰哥是個講禮數的人，選擇聽命。他沒有出席新書發表會，由我去出面。不過他很沮喪，認為和李先生的嚴重歧見及裂痕，已無法彌補。

選戰如火如荼在進行，但藍軍分裂為二，戰哥腹背受敵，另一組人把戰哥和李先生綁在一起，加油加醋的攻擊，本來戰哥兼具本省、外省的優勢，但這一來，反而外省人當他是本省人，本省人把他看成外省人。李先生走到哪裡都舉起手，五指分開，依稀彷彿是「五號」。

我有預感，戰哥得勝的機會很渺茫。

最後一夜，戰哥從高雄趕回台北，要發表選前最後一場演說。然而李先生已在台上，戰哥才開始講了幾句話，李先生一把搶去他手上的麥克風，大聲講著，不知在講什麼，一直講到最後，戰哥沒有機會再講任何一句話。

如今，又是最後一夜，又見相同的人。他的蕭蕭白髮在夜色中格外蒼茫。歲月悠悠，我波動的心湖慢慢沉澱下來。所有的感覺煙消雲散。我對鏡頭投下最後的一瞥，靜靜的，靜靜的關上了電視。

——二〇一二年三月二十五日

俄國百姓普遍喜歡普丁，並習慣了強勢統治，在二〇一二年三月的總統選舉中，普丁個人的得票率比他的政黨高出一四%，可見他在俄國的人氣。

遙遠的祝福

二〇一二年APEC於九月八日在俄國海參威舉行。海參威雖從未去過，但卻覺得無比熟悉。大約因它過去的滄桑，使人有這種不能自已的情懷吧！

俄國的總統普丁，過去沒有見過。他已在二〇〇〇年至二〇〇八年擔任過兩任總統。由於俄羅斯憲法規定了連任的限制，但卻沒有規定當選的次數，所以普丁在卸任四年後，又在二〇一二年三月重新當選為俄羅斯總統，任期六年。

普丁在第一次擔任總統期間，俄國在政治、軍事、法制等方面都有穩定的提升。但他在「民主」方面卻遭到不少爭議，是一位「鐵腕總統」。由於他強硬但宏觀的經濟哲理，大幅改革了經濟。他整合出口油價的匯率，吸引了許多外匯公司進駐，替俄羅斯帶來龐大的利益。國內生產總值上升了七二%，購買力提升了六倍，貧窮人口減少一半，平均月薪從八十美元增加至六百四十美元。他又減低稅制，所得稅降為一三%，並制定新的土地和法律條文。不過，反對派、外國政府和人權組織都質疑普丁政府的自由和人權記錄。

俄國百姓普遍喜歡普丁，並習慣了強勢統治，在一二年三月的總統選舉中，普丁個人的得票率比他的政黨高出百分之十四，可見他在俄國的人氣。

海參威是俄羅斯在亞太地區最大的都市，因此被選為今年亞太經合會舉行的地方。它的港終年不凍；是軍港、漁港及商港。港內有不少軍艦、漁船。但市內沒有什麼建設，房屋雖多，卻相當陳舊，旅館也很少。華僑寥寥可數。最醒目的景點，應是市區中心西伯利亞大鐵路那圓形有紅色標誌的火車站。

這裡的俄國人，很多是白俄。從十五世紀開始，俄羅斯帝國便不斷向亞洲擴張，到十九世紀初，俄國發生革命，最後一任沙皇尼古拉二世被迫退位，後被槍決。在革命軍的追趕下，白俄逐漸向東移動，很多人退進滿州。

俄國人口稀少，那麼大的幅員只有一億多人，海參威六十萬人。這裡有兩所大學，「遠東大學」和「海參威經濟服務大學」，並有幾個技術學院。為了開這次APEC會議並提升海參威的建設，普丁投下二百一十億美元，在離岸不遠的一個島上，蓋了大批校舍，一律漆成白色，並造橋樑過海和市內連接。與會各國元首及工作人員都住在裡面。會議結束後，二個大學和技術學院都將遷至島上的新校舍，合併為「遠東聯邦大學」。

校舍建的雖多，卻仍然容納不下所有還要參加會前會的CEO住宿。他們只好住在港內的大型遊艇上。遊艇房間分有窗或無窗，有窗就稍貴。

普丁個子不高，看起來很嚴肅，和貴賓們握手時雖滿面笑容，依然很「鐵血」。他不諳英語，全講俄文。開會那些天，俄國電視上全是他的各種鏡頭，想來更可以拉抬他在遼闊的俄羅斯民眾心目中的支持。他沒有帶夫人。俄國人的效率和週到也使人刮目相看。

每年的會議，地主國都要設宴款待與會各國貴賓，這次宴會在學校的體育館舉行。場地相當大，不但貴賓們是座上客，代表團各位工作人員和企業經理人也都被邀請。館內有大舞台，提供表演。菜單更別緻而週到。不同的國家有不同文字的菜單，我們的當然是中文。而坐在我旁邊的泰國女總理，被誤以為也是中國人，給了她一張中文菜單，這對她有如天書，要我解釋，我一道道替她說明，自己反倒吃的慢了。

世界十二大奇蹟

那天，議程非常多，戰哥在早上七點半（台北早上四點半）就開始商談準備工作，八點有演講，而後一整天到晚上七點還不見蹤影。

晚宴延一小時，九點開始。我想，吃完飯至少要十一點了，還在時差的戰哥，一定相當疲累。

那夜，大雨傾盆。海參威的天空格外寒冷。但體育館內卻溫暖如春。戰哥和我準時抵達，各國貴賓也陸續到場，普丁好整以暇的和各人寒暄，到九點過了才踏入大廳。一看，除了貴賓席外，其他空間都坐滿了。我們的代表團全部都在，應該至少有好幾百人。就我們參加過的五次會議，沒有哪一國有比這次更大的氣魄，俄羅斯畢竟有他的過人之處。

他們非常有效率。普丁總統致詞翻譯完，舞台馬上換成各種美麗的俄羅斯風景，表演立刻開始，並同時上菜。所有的侍者都是莫斯科調來的壯碩男士。幾百人的菜一起上，隔一會兒一起收，換下一道。時間拿捏得很準，表演精彩全無間歇，尤其「海軍舞」和芭蕾更獲得滿堂掌聲。最後，比原定的時間還早便劃下完美的句點。俄羅斯字典裡沒有「拖」字。走筆至此，想起十多天前在大陸旅行，一位書記對我說：「像你們那樣太民主也不行啊，什麼事都做不成！」不禁扼腕長嘆。

我們曾抽空過橋到海參威市內參觀一個有清代文物的博物館。裡面掛著許多大幅海參威早期開發的圖片。圖上多有高大直立的參天古木，難怪當我們來此時，由機窗下望，盡是大片鬱鬱蒼蒼的森林。其實早在唐代就有人在這裡，此後遼人、金人，滿州人也一直在這兒生活。元代這裡被稱為「永明之城」。

滿清入關後，把東北分封為奉天，黑龍江、吉林三將軍的轄地，海參威屬於吉林將軍，並廣挖壕溝，旁邊遍植楊柳，稱「柳條邊」，禁止漢人越界進入他們祖宗的發祥地居住。因此，這裡並沒有好好開發。但是常有人潛入挖人參，捕捉海參，相傳「海參威」即由此得名。

直到一八六〇年簽「中俄北京條約」，把黑龍江以北，烏蘇里江以東割讓沙俄，海參威改稱為「符拉迪沃斯托克」，沙皇尼古拉二世在一八九一年開始興建西伯利亞大鐵路，在那冰天雪地的土地上，從莫斯科一直築到海參威，全長九二八八公里，費時廿五年完成，穿越八個時區，全程需七天，是世界上最長的鐵路，也是至今唯一貫通西伯利亞的交通路線。更是世界十二大奇蹟之一。

這裡漫山遍野的森林，是他們取用不盡的天然資源，一九九九年九月廿一日台灣大地震，濱海省（Primorsky Territory）（包括海參威在內）省長伊凡尼爾・馬茲特拉譚利，曾寫了一封感人的信給戰哥，並從海參威運來一大船二千噸的木材，給台灣重建災區，全信如下：

中華民國副總統連戰先生：

台灣發生的悲劇使我們震驚；在這個可怕的世界上，生命是不可預測的，這完全是命運。

我們無力阻止天然災害，它擊碎所經之處的一切，完全不放棄任何人，任何生命。如今，你們美麗的城市被摧毀，許多家庭失去親人，甚至造成死亡。

但這一切都沒有擊倒台灣，你們一定可以從地震的陰霾中重建，再度成為充滿活力的地方。

我們曾和你們共歡樂，也要和你們共患難。雖然貴我兩地相隔遙遠，但在這困難的時刻，我們還是要伸出援助的手。我們濱海省已送出二千噸的木材，作為幫助台灣重建的小小奉獻。世界太小，不容許任何人孤立。

你的悲劇就是我的悲劇，幫助你也等於幫助我自己。

讓這次成為台灣歷史上最後的傷痛，希望未來永遠充滿歡樂繁榮。

濱海省省長伊凡尼爾・馬茲特拉譚利

這次來海參威，戰哥滿心期望可以見到這位省長，當面向他致謝，沒想到伊凡尼爾省長已退休離開，倒是見著副省長，他專程來參加我們的答宴。戰哥緊握住他的手，殷殷請他代向伊凡尼爾省長轉致已累積了十餘年的謝意！

博物館內還有一間陳列著旗袍，尺寸很大。導覽員解釋說這是此地俄人以前穿的。我想起一〇年在內蒙滿州里，有許多高鼻深目，但講中文的俄裔華人，都穿旗袍和蒙古人一起表演。想必這裡的旗袍也是滿、蒙、俄互相影響的結果。

離開海參威，是清早。朝陽照射出長橋兩旁澎湃的波濤。我們因偶然的機緣來到這裡，回去後，依然悠悠遠隔。皚皚白雲，茫茫江海；心懷斯土，唯寄語以祈珍攝。而世事多變化，往來成古今，揮手自茲去，見爾當何期？

——二〇一二年五月一日

國家圖書館出版品預行編目資料

與時光對話：連方瑀自選輯. 二／連方瑀著.
-- 第一版. -- 台北市：天下遠見, 2013.01
面； 公分. --（社會人文；GB360）

ISBN 978-986-320-128-1（平裝）

855 102001329

與時光對話

連方瑀自選輯二

作　　者／連方瑀
總監／吳佩穎
責任編輯／陳宣妙
美術設計／江孟達工作室

出版者／天下遠見出版股份有限公司
創辦人／高希均、王力行
遠見・天下文化・事業群 董事長／高希均
事業群發行人／CEO／王力行
出版事業部總編輯／許耀雲
版權部經理／張紫蘭
法律顧問／理律法律事務所陳長文律師 著作權顧問／魏啟翔律師
地　址／台北市104松江路93巷1號2樓
讀者服務專線／(02) 2662-0012
傳　真／(02)2662-0007；(02)2662-0009
電子信箱／cwpc@cwgv.com.tw
直接郵撥帳號／1326703-6號　天下遠見出版股份有限公司

電腦排版・製版／立全電腦印前排版有限公司
印刷廠／盈昌印刷有限公司
裝訂廠／明輝裝訂有限公司
登記證／局版台業字第2517號
總經銷／大和書報圖書股份有限公司　電話／(02)8990-2588
出版日期／2013年1月31日第一版第一次印行

定價／260元

ISBN：978-986-320-128-1
書號：GB360

天下文化書坊　http://www.bookzone.com.tw